智慧熊
SMART BEAR

阅读强 | 少年强 | 中国强

专家审定委员会

励志版名著的 6 个关键词

“领悟性阅读”是人生成长过程中不可或缺的要素。如何用精品名著唤醒天性、唤醒心灵、点燃智慧之灯，同时兼顾学生学习的现实需要呢？

第一个关键词：价值阅读——“成就有价值的人生”

有价值的人生从价值阅读开始。在阅读的重要性与紧迫性已成为共识的情况下，最根本的问题就是读什么和怎么读。为此，励志版名著致力于通过对经典名著的价值解读，培养学生一生受用的品质。

第二个关键词：励志——“本书名言记忆”

一句名言可以影响人的一生。在供学生阅读的众多名著版本中，励志版名著是以励志为核心理念的。一本好书，必能启迪人心，滋养人的精神。因此，我们专注于传递名著中宝贵的人生经验和成长智慧。

第三个关键词：兴趣——“无障碍阅读”

针对阅读经验较少的学生，励志版名著依据《现代汉语词典》《辞海》《汉语大词典》等权威辞书对疑难字词进行注释，并参考相关资料对人物、好句等进行注解，从而帮助学生实现名著的无障碍阅读，激发学生的阅读兴趣。

第四个关键词：导学——“名师导学3-2-1”

名师门下出高徒。励志版名著邀请全国一线名师、教研员倾力把关“名师导学3-2-1”，强调在导学的基础上自主学习，把阅读延伸到书外。

第五个关键词：彩图——“图说名著”

全品系七百多幅精美插图，配以言简意赅的文字，达到“图说名著”的生动效果，这对提升学生的阅读兴趣，使其更好地理解每一本名著的意蕴，无疑会有很好的帮助。

第六个关键词：课标——“全课标素质解读”

强调课标与素质阅读的结合，是本丛书明显的特征。部编版语文教材中所选用的名著篇目，都在其中占有一席之地，倡导了“每一本名著都是最好的教科书”的理念。

简言之，我们殚精竭虑，注重每一个细节。因为，一个人物，拥有一段经历；一段故事，反映一个道理；一本好书，可以励志一生。

让名著发挥它人生成长导师的基本功能吧！

励志版名著编委会

无障碍阅读

彩插励志版

中国民间故事

ZHONGGUO MINJIAN GUSHI

闻 钟 主编

南方出版社
·海口·

图书在版编目(CIP)数据

中国民间故事 / 闻钟主编. — 海口 ：南方出版社，2019.6（2025.5 重印）

（新课标必读名著 ：彩插励志版）

ISBN 978-7-5501-5469-8

Ⅰ. ①中… Ⅱ. ①闻… Ⅲ. ①民间故事—作品集—中国 Ⅳ. ①I277.3

中国版本图书馆 CIP 数据核字(2019)第 123911 号

中国民间故事

ZHONGGUO MINJIAN GUSHI

闻 钟 主编

责任编辑:任才杰
出版发行:南方出版社
社　　址:海南省海口市和平大道 70 号
邮政编码:570208
电　　话:(0898)66160822
传　　真:(0898)66160830
印　　刷:河北燕山印务有限公司
经　　销:新华书店
开　　本:920mm×1280mm　1/16
印　　张:15
字　　数:163 千字
版　　次:2019 年 6 月第 1 版
印　　次:2025 年 5 月第 19 次印刷
定　　价:22.80 元

如何进行价值阅读

——《中国民间故事》一书以“济公救阿福”为例进行解读

故事简介

济公活佛从灵隐寺下山，赶往杭州救人。被救的阿福是一个狗肉小贩。他是个勤快人，但因脾气暴躁和自己的母亲经常斗嘴。这一天，他准备杀一只大母狗，却发现刀子被一只小狗崽压在了身下，当他拿起刀子走向大母狗时，那只小狗崽又跳起来咬住了他的裤脚……看见小狗崽尚知护母，阿福心生惭愧，从此开始孝敬母亲。在他大难临头之日，济公巧施妙计，让他躲过一劫。这两件事让阿福幡然醒悟，放下屠刀，改做其他生意，并成为远近闻名的孝子。

价值解读

1. 关于孝顺

阿福和母亲住在一起，他因为脾气暴躁，经常和母亲斗嘴，常说出一些冷言冷语来伤母亲的心。母亲因此暗自落泪。但阿福后来的转变让人非常欣慰，因为他明白了孝道是做人最基本的德行，如果不尽孝道，这个人就连动物也不如了。

价值启示：“百善孝为先”，自古以来，孝道就是中华民族的传统美德。孝敬父母要从一言一行做起，要从现在做起，尊敬父母，体谅父母，关爱父母，用自己的拳拳孝心回报父母的殷殷爱心。

2. 关于知错就改

阿福亲眼看见了小狗崽护母的感人场景，又在济公的帮助下幸免于难，于是幡然醒悟，决定痛改前非，不再杀生，并懂得了孝亲敬老的道理。这种知错就改、善于自省的精神值得我们学习。

价值启示：《左传》有云："人谁无过，过而能改，善莫大焉。"遇事能反躬自省，知错能及时改正，这是一个人能够不断完善自己，不断取得进步的重要条件。

3. 关于行善助人

在阿福身后的墙壁将倒之际，济公抢走阿福的狗肉担子，引阿福紧追不舍，从而使他免遭横祸。济公虽然貌似疯疯癫癫，但却有慈悲为怀的"活佛"心肠。他乐于行善助人，常常救人于危难之间，是民间备受爱戴的一位得道高僧。

价值启示：心中有爱，才能善待他人，心怀善意，才能乐于行善。因此，我们要以善心待人，以善行助人，做个心地善良、富有爱心的人！

人们听到山上放羊的孩子大喊狼来了，都赶紧放下手里的活儿，带着锄头、斧子等飞快地跑来救孩子。可是他们到达后却看见孩子正悠闲地坐在草地上，没有半点儿狼的影子。说谎是一种不好的行为，会失去别人对自己的信任。

李白忽然听到山下传来阵阵击水声，循声望去，只见山下的小河对岸划来一只小船，一位须发飘飘、仙风道骨的老人立在船头撑桨。我们应该像李白一样，追求不止，奋斗不息。

十年前的那位衣着褴褛的客人又来到辛老板的酒店，辛老板说愿意收留他，并满足他的一切需求。客人却取出笛子吹了一首悠扬的曲子，只见画上的黄鹤飞到客人面前，客人便乘着黄鹤飞上了天。只有尊重别人，才能让人尊敬。

一个樵夫不慎将砍柴的斧子掉进了河里，河水较深没法打捞，他就伤心地痛哭起来。河伯得知后，便帮他寻找。当河伯举着一把金光闪闪的斧子问樵夫是不是他的时，樵夫诚实地回答不是。诚实是人生中的最大财富，而贪婪只会让自己最终一无所有。

一个大肚病人来找老医生治病，老医生不在家。华佗见病人病得厉害，不敢耽误，急忙拿出二两砒霜，要他分两次吃，以毒攻毒。病人接过药，连声道谢后就离开了。救死扶伤虽是医者本分，但能把本分的事做好、做完美，就是一个人的伟大之处了。

这条金背鲤鱼猛然一跃，蹿出水面，跳上浪尖，又用尾巴猛地一拍浪尖，鱼身一挺，竟然一下子跃到蓝天白云之间。不一会儿，它轻盈地落在龙门之上，仿佛天龙下凡。禹王见了，连声赞叹，随即拿笔在这条金背鲤鱼头上点了红。

阅读规划

阅读时间建议

本书共五十篇作品，你可以花四周的时间读完。前三周每周阅读十五篇，第四周完成全书阅读。每读完一个故事，应停下来略作思考，梳理故事梗概，对文末的“要点思考”所提出的两个问题做出解答。

第四周，可以先用两天时间完成剩余篇目的通读。再用三天的时间，重读本书的精读章节。参照书中的旁批，更深入细致地把握文意，学习其中的写作技巧，领会文章所体现出的价值导向，边读边做笔记，记下自己在阅读中的随感随想。最后两天，选取书中你最感兴趣的两三个故事，对其中的重要人物进行分析，重点感受他们身上积极、正面的精神特点，制作人物名片，并与同学、朋友进行分享。

阅读方法指导

在阅读本书时，可以采用快速阅读与精读相结合的方法。

快速阅读是为了弄清文章大意，可以采用默读的方法。同时要注意把握阅读重点，并对存有疑惑的知识点随手做一些圈点勾画。

本书作为一部故事类作品，情节性较强，阅读时我们不仅要掌握每个故事的内容梗概，还要了解其中的人物形象、典型事例和性格特点，所以我们还要采用精读的方法。精读时，我们要对通读时存疑的地方重点理解，并对一些感兴趣的话题，积极展开延伸阅读。可以自己查阅相关资料，也可以向老师、家长、同学请教，从而拓展我们的阅读宽度和深度。

名师导学3-2-1

3 个阅读要点

◎每个故事的主人公都有怎样的传奇经历，他们各有怎样的性格特点。

◎本书故事情节曲折离奇，阅读时要抓住故事主线，弄清每个故事的起因、经过、结果。

◎体会书中浓郁的浪漫主义色彩和鲜明的民族特色，从书中神奇的故事和事物中感受人们征服自然、改造社会、战胜邪恶势力的积极进取的精神。

2 个知识要点

◎透过故事，走近人物，学习他们在勤学成才、面对困难、坚持理想、为人处世等方面的方法和智慧，从中获得有助于我们成长的知识和技巧。

◎本书语言既朴素自然又形象生动，还广泛运用了象征、比喻、幽默、讽刺等修辞手法，同时极具口语色彩，具有很强的艺术感染力。阅读时要用心欣赏品味，并尝试在写作中学以致用。

1 个成长要点

◎《中国民间故事》中的人物虽然众多，但善恶美丑却分明醒目。欣赏书中各具特色、光彩照人的人物形象，学习他们善良正直、勇敢坚强、积极乐观、坚持不懈的优秀品质，为成长吸取丰富的精神养料！

目 录

CONTENTS

牛郎织女鹊桥相会

导读

如果你在晴朗的夏夜仰望星空，就会发现，牛郎星和织女星，正隔着银河相望。在民间传说中，每年的七月初七这一天，便会有千万只喜鹊飞来，搭成鹊桥，让相隔两地的恩爱夫妻——牛郎和织女，在桥上相会。

相传在很久很久以前，南阳（在今河南省）城西牛家庄里有个聪明、忠厚的小伙子，由于父母早亡，只好跟着哥哥嫂子生活。他每天都去放牛，因此大家都叫他“牛郎”。牛郎的嫂子马氏为人狠毒，经常虐待他，逼他干很多的活儿，而且还不给他饭吃。这一年秋天，嫂子又想出了一个为难他的坏主意，她让牛郎去放牛，只给了他九头牛，却让他等有了十头牛时才能回家。无奈之下，善良的牛郎只好赶着牛出了村子。

牛郎赶着牛进了山里，在草深林密的山上，他坐在树下独自伤心，因为不知道何时才能赶着十头牛回家。这时，有位鹤发童颜（白白的头发，红红的面色，形容老年人气色好，有精神）的老人突然出现在他的面前，笑呵呵地问：“小伙子，你为什么如此伤心啊？”

牛郎把自己的遭遇一五一十地告诉了老人，老人听后，笑着对他说：“别难过，我告诉你呀，在伏牛山里有一头生病的老牛，你去好好喂养它，等老牛病好以后，你就可以赶着它回家了。”说完，老人就消失不见了。

牛郎知道自己遇到了好心的神仙。于是，他翻山越岭，走了很远的路，终于来到了伏牛山，找到了那头生病的老牛。他看到老牛病得很厉害，赶忙给老牛割来新鲜的嫩草，一连喂了三天。老牛渐渐恢复了神志，抬起头，竟然说起话来：“我本是天上的灰牛大仙，因触犯了天条被贬下凡间，摔断了腿，无法动弹。腿上的伤需要用百花的露水洗一个月才能好。”

牛郎对老牛的遭遇感到很难过，他不畏辛苦，细心照料了老牛一个月，白天为老牛采集露水疗伤，晚上依偎在老牛身边睡觉。后来老牛在牛郎的细心照料下，完全康复了，于是牛郎高高兴兴地赶着十头牛回了家。

回家后，嫂子并没有高兴，反而对牛郎更加恶劣，甚至几次要加害他，都被老牛设法救起。嫂子见屡次加害都不成功，最后竟然恼羞成怒，将牛郎赶出家门，还不许牛郎带东西离开，无奈之下的牛郎只要了那头老牛相随。

此后，牛郎和老牛相依为命，他们在荒地上披荆斩棘（比喻扫除前进中的困难和障碍。荆，jīng。棘，jí），耕田种地，盖造房屋。一两年后，他们营造起了一个小小的家，勉强可以糊口度日。可是，除了那头会说话的老牛外，冷清清的家只有牛郎一个人，日子过得相当寂寞。

有一天，天上的仙女偷偷来到凡间游玩，她们在碧莲池里洗澡，老牛知道这件事后，就用巧计让牛郎认识了织女。后来，二人互生情意，织女便偷偷下凡，来到人间，做了牛郎的妻子。织女还把从天上带来的天蚕分给大家，并教大家养蚕、抽丝，织出又光又亮、像烟霞一样的绸缎。

牛郎和织女结婚后，男耕女织，情深义重，他们生下了一个男孩儿，一个女孩儿，一家人其乐融融（形容十分欢乐、和睦）。但是好景不长，这件事被天帝知道了，王母娘娘亲自下凡来，强行把织女带回了天上，一对恩爱夫妻就这样被生生拆散了。

牛郎上天无路，无法见到自己心爱的人，他焦急万分。这时，老牛告诉牛郎，说自己快要死了，在它死后，可以剥下它的皮，披在身上，就可以上天去找织女了。老牛还叮嘱牛郎：剥皮时要剥下整张皮，如果破了一点儿，就不能追上织女了。

牛郎按照老牛的话做了，但是在剥皮的时候不由得想起了老牛活着时候的点点滴滴，泪水模糊了双眼，一不小心，手一抖，破了一个小口儿。牛郎见没什么大碍，便担了一副担子，一头装了儿子，一头装了女儿，披上牛皮，腾云驾雾，上天去追织女了。眼看就要追到了，岂知王母娘娘拔下头上的金簪一挥，眼前出现了一道波涛汹涌的银河，牛郎和织女被隔在了银河两岸。

织女望着银河对岸的牛郎和孩子们，哭得声嘶力竭，牛郎和孩子们也哭得死去活来。伤心的哭声，孩子们一声声“娘”的喊声，是那样撕心裂肺（形容极度伤心），催人泪下，连在一旁观望的仙女、天神们都觉得心酸难过，于心不忍。他们的忠贞爱情感动了喜鹊，千万只喜鹊飞来，搭成鹊桥，让牛郎织女走上鹊桥相会，王母娘娘对此也没有办法，只好允许两人在每年七月初七于鹊桥上相会。

从此，牛郎和他的儿女就住在了天上，隔着一条银河，和织女遥遥相望。在秋夜天空的繁星当中，我们至今还可以看见银河两边有两颗较大的星星，晶莹地闪烁着，那便是织女星和牛郎星。和牛郎星在一起的还有两颗小星星，那便是牛郎织女的一儿一女。

后来，每到农历七月初七牛郎织女鹊桥相会的日子，姑娘们就会来到花前月下，抬头仰望星空，寻找银河两边的牛郎星和织女星，希望能看到他们一年一度的相会，乞求上天让自己能像织女那样心灵手巧，祈祷自己能有称心如意的美满婚姻，由此形成了现在七夕节“乞巧”的传统。

成长启示

牛郎虽受兄嫂的百般虐待，心地却一如既往地正直善良。他不嫌老牛体弱多病，而是精心照料、相依相伴。生活中，我们也要像牛郎那样正直、真诚、宽以待人、与人为善，这样才能聚集到真心的朋友，才能受到他人的尊重和关心。

要点思考

1. 你觉得老牛身上有哪些高贵的品质？
2. 请你用自己的话来讲述“乞巧节”的由来。

孟姜女哭长城

导读

“孟姜女哭长城”是中国民间四大爱情故事之一。青年范喜良和女子孟姜女刚新婚三天，范喜良就被迫出发修筑长城，不久因为饥寒劳累而死，尸骨被埋在长城下。孟姜女在长城上哭了三天三夜，巍巍长城竟然因此坍塌……

传说很久以前江苏松江府有个孟家庄，孟家庄有一老汉善于种植葫芦。这一年，他种的葫芦长得比以往都要茂盛，其中一棵的枝叶竟伸到了邻居姜家院里。

孟、姜两家向来非常友好，于是便相约秋后结了葫芦一家一半。到了秋天，果然结了一个大葫芦，孟、姜两家非常高兴，把葫芦摘下来准备分享。忽听葫芦里传出一阵阵小孩儿的哭声，孟老汉非常奇怪，便用刀把葫芦切开一看：呀！有个小女孩儿坐在葫芦中，红红的脸蛋儿，圆嘟嘟的小嘴，很是惹人喜爱。姜家老婆婆一看，喜欢得不得了，一把抱起来说：“这孩子就给我吧！”可是孟老汉无儿无女，非要不可，两家争执起来，一时不可开交

（无法摆脱或结束）。到后来，只好请村里的长者来评断。长者说："你们两家已约定好结出的葫芦一家一半，那么这葫芦里的孩子就由你们两家共同抚养吧。"于是小姑娘便成了孟姜两家的掌上明珠，因孟老汉无儿无女，便住在了孟家，取名孟姜女。

斗转星移，日月如梭，孟姜女一天天地长大了，她心灵手巧，聪明伶俐，美丽动人，织起布来比织女，唱起歌来赛黄莺。

这一天，孟姜女做完针线活儿，到后花园去散心。园中荷花盛开，池水如碧。忽然一只美丽的蝴蝶落在了荷叶上，蝴蝶吸引了孟姜女的视线，她便轻手轻脚地走过去，用扇一扑，不想用力过猛，扇子掉在了水里。孟姜女只好挽起衣袖，伸手去捞，这时忽然听到背后有动静，急忙回头一看，原来是一位年轻公子站在树下，不过他看起来非常疲惫。

孟姜女见此情景，急忙找来父母。孟老汉对年轻人私进后花园非常生气，问道："你是什么人，怎么敢私进我的后花园？"年轻人急忙连连请罪，诉说了原委。

原来这个年轻人名叫范喜良，自幼饱读诗书，满腹文章。当时秦始皇正在修筑长城，到处抓壮丁，黎民百姓对此怨声载道，范喜良不愿被抓去修长城，便从家里逃了出来。为了躲避官兵，他才藏到了这个后花园，不想惊动了孟姜女，边说边连连赔罪。

孟姜女见范喜良知书达理，忠厚老实，便芳心暗许。孟老汉对范喜良也很同情，便留他住了下来，孟姜女向爹爹言明心意，于是孟老汉来到前厅，对范喜良说："你现在到处躲藏，也没有固定的住所，我想招你为婿，你看如何呀？"范喜良急忙回应道："我是一个逃亡之人，担心日后会连累小姐，婚姻之事不敢妄想。"无奈孟姜女心意已决，非范喜良不嫁，最终范喜良还是答应了这门亲事。孟老汉乐得合不拢嘴，急忙和姜家商议挑选吉日给他们完婚。

孟家庄有一个无赖，平时喜欢拈花惹草（指男子乱搞男女关系或狎妓。拈，niān），游手好闲，他多次上门向孟家求亲，但孟老汉始终不答应，于是他怀恨在心，伺机报复。如今听说了范喜良之事，便偷偷到官府告了密，还带着官兵来抓人。

这时孟姜两家还都沉浸在孟姜女和范喜良喜结良缘的幸福之中，忽然一群官兵冲进了孟家，不由分说，把范喜良捆绑起来就要带走，孟姜女急忙扑上去，却被官兵一把推开，势单力薄的她眼睁睁看着自己的丈夫被官兵带走。

自此孟姜女日夜思君，忧伤不已。转眼冬天来了，大雪纷飞，孟姜女想到在远方修长城的丈夫，天寒地冻，无衣御寒，便日夜赶着缝制棉衣，边做边唱起了自编的小曲："月儿弯弯分外明，孟姜女丈夫筑长城，哪怕万里迢迢路，送御寒衣是浓情。"

做好棉衣后，孟姜女踏上了寻夫的艰辛路程。她一路上跋山涉水，风餐露宿，不知饥渴，不知劳累，昼夜不停地往前赶，终于有一天，孟姜女来到了长城脚下。

可修长城的民夫数以万计，到哪里去找呢？她逢人便打听，好心的民夫告诉她，范喜良早就因劳累丧命了，尸骨被埋在了城墙里。孟姜女一听，心如刀绞，便求好心的民夫带路来到了范喜良被埋葬的长城下。坐在城下，孟姜女悲愤交加：想到自己千里寻夫送寒衣，历尽千难万险，到头来连丈夫的尸骨都找不到，怎不令人柔肠寸断。愈想愈悲，孟姜女便对着长城昼夜痛哭，如啼血杜鹃，望月子规（相传商朝时蜀王杜宇称帝，号望帝，为蜀治水有功，后禅位臣子，退隐西山，死后化为杜鹃鸟，啼声凄切。后常指悲哀凄惨的啼哭）。这一哭感天动地，天上的白云停下了脚步，天上的飞鸟也跟着发出了悲鸣。直哭了三天三夜，忽听轰隆隆一阵巨响，长城倒塌了八百里，范喜良的尸骨露了出来。

长城倒塌了八百里，这件事惊动了秦始皇。秦始皇对此勃然大怒，下令把孟姜女抓来。等孟姜女被抓来后，秦始皇见她生得如此貌美，便想纳她为妃。孟姜女说：“要我做你的妃子，得先答应我三件事：一要建一座长桥，十里长，十里宽；二要方圆十里的山作为坟基；三要你披麻戴孝到我丈夫坟前亲自祭奠。”秦始皇此时为了快些得到孟姜女，便答应了她的这三条要求。

过了几日，长桥坟基已全部建好，秦始皇身穿麻衣，过了长桥来到坟前祭奠。祭奠完毕，秦始皇便要孟姜女立即随他回宫。孟姜女冷笑一声说道：“你昏庸残暴，害尽天下百姓，如今又害死我的丈夫，我怎么会做你的妃子，休想！”说完便怀抱丈夫遗骨，跳入了波涛汹涌的大海。

成长启示

孟姜女是一个坚强的女子，人们欣赏的也正是孟姜女身上那种忠贞不渝的爱情观。她那对爱的痴情和烈女光辉形象带给人们巨大的震撼，也对现代人有重要的教育意义。

要点思考

1. 孟姜女来到长城脚下时，丈夫已经葬身城墙之下，她是怎样找到丈夫的尸骨的？

2. 在这个故事中，孟姜女做的哪件事最让你感动？为什么？

狼来了

导读

很多事情都有“事不过三”的规律。所以，谎言只能骗人一两次，到第三次的时候，也是撒谎者永远失去他人信任的时候。

从前，有个孩子每天赶一群羊，到山里去吃草。村民们告诉他，如果有危险的情况发生，他只要大声呼喊救命，他们就会来帮他。

有一天，这个放羊的孩子觉得十分无聊，就想出了一个捉弄大家的坏主意。

这个孩子假装受到惊吓，向着正在田里耕种的村民大喊起来：“狼来了，狼来了！快来救我啊！”

在田里耕种的村民和在附近打柴的人听说狼来了，都赶紧放下手里的活儿，他们带着镰刀、锄头、斧子飞快地跑来，准备打狼救孩子。他们边跑边喊：“不要怕，孩子，我们来帮你打恶狼！”可是当大伙儿气喘吁吁（形容呼吸急促，上气不接下气的样子。吁，xū）地跑到的时候，发现羊儿在乖乖地吃草，孩子悠闲地坐在草地上，没有

半点儿狼的影子。村民们赶忙问孩子:“孩子，狼呢?狼在哪里?”而这个孩子看到村民们着急的样子，竟然哈哈大笑起来:“根本没有狼，你们上当了，我是骗你们的，真好玩儿!”

原来根本没有狼，是这个孩子闹着玩儿呢！村民们很生气，批评了小孩子一顿，叫他以后不要再说谎了，就都回去干活儿了。

过了几天，大伙儿正在忙着，又听见那个放羊的孩子在喊:“狼来了，狼来了！救命啊!”

附近的村民们跟上次一样，听到呼喊，连忙放下手里的活儿，带着镰刀、锄头、斧头，赶来打狼，救孩子，谁知道又上当了，根本没有狼，还是这个小孩儿在闹着玩儿。

“上回批评你了，叫你不要说谎，你为什么又说谎呢?”一个年长的村民生气地质问这个放羊的孩子。可他呢，笑得连腰都直不起来了，得意地说道:“哈哈！你们又上当了!”他依然不觉得这是在说谎，还认为自己的本领很大，能骗得大人连连上当。

又过了几天，这个孩子又喊了起来:“狼来了，狼来了，快来打狼啊!”

附近的村民们都听见了呼喊声，可这次谁也没有理他。这个说:“这孩子说了两次谎，这回准又说谎了。我们不要信他!”那个说:“咱们上了两次当，这回再也不上他的当了。”

可是，这次真的是狼来了，凶狠的恶狼张着血盆大口，露出锋利的牙齿，对着羊群一阵撕咬。

“狼来了，狼来了！快来打狼啊!”被吓哭的孩子一边向着村民们跑来，一边叫喊。

村民们看到这次是真的狼来了，才赶快聚集起来打跑了狼，可是孩子的许多羊都被狼咬死了。

成长启示

通过这个故事，我们看到这个放羊的孩子因为屡次说谎，而最终失去了大家的信任，使得羊群遭受重大损失。这个故事告诉我们：说谎是一种不好的行为，这样做既不尊重别人，也会失去别人对自己的信任，所以我们一定要做诚实的人，并培养自己诚恳待人的良好品质。

要点思考

1. 故事中的孩子一共喊了几次“狼来了”？各有什么后果？
2. 如果你是其中的一位村民，你想对这个放羊的孩子说些什么？

东郭先生和狼

导读

同情心是人心中的一种善念，但不辨是非，滥施同情，却可能会害了自己。东郭先生就遇到了这样的大麻烦，他和“中山狼”的故事，着实令人警醒。

很久以前，有一位读书人复姓东郭，人们都叫他东郭先生。

有一次，东郭先生赶着一头毛驴，驴背上驮着满满一口袋书，要到一个叫中山国的地方去谋求官职。东郭先生正牵着毛驴走着，突然，从草丛中蹿出一只惊慌失措的受伤的狼。

“满满一口袋书”，交代了东郭先生的身份，暗示了遇狼后他与别人不同的举动。

狼跪在东郭先生的面前，哀求东郭先生：“仁慈的老先生，您快救救我吧，我现在正被一位猎人追赶，他要杀了我啊！”

“我不会救你的，书上说狼是吃人的野兽，可不是什么好东西。”东郭先生摇着头说。

东郭先生明知狼是吃人的野兽，还要对它有恻隐之心，足见他并非一个真正能够明辨是非的人，因为滥施同情，以致引火烧身，为以后的遭遇埋下了祸根。

“可我是一只不吃人的狼啊，老先生，您就发发慈悲吧。将来我会好好报答您的！”

东郭先生看着狼可怜的样子，动了恻隐之心（意思是指见到遭受灾祸或不幸的人产生同情之心。恻隐，cè yǐn）：“好吧，可我怎样才能救你呢？”

狼看了看毛驴身上的装书口袋，对东郭先生说：“老先生，就让我躲到您的口袋里去吧！”

东郭先生听从了狼的话，把口袋腾空了。可是口袋太小了，狼只好蜷缩着四肢，让东郭先生用绳子捆上，这才装进了口袋。

不一会儿，猎人追上来了，问东郭先生：“老先生，你有没有看见一只受伤的狼？”

东郭先生摇了摇头，说：“我没有看见狼，这里岔路很多，狼也许从别的路上逃走了。”

狼在书袋里听到猎人远去的声音后，就央求东郭先生说：“老先生，猎人已经走了，请您把我放出来吧。”

东郭先生二话没说就把狼放了出来。不料，刚脱离了危险的狼立即变了一副丑恶的嘴脸，对东郭先生恩将仇报，它恶狠狠地说：“先生既然做好事救了我的命，现在我饿极了，你就再做一次好事，让我把你吃掉吧。”说着，狼张开大嘴就要扑向东郭先生。

东郭先生质问狼：“你不是说不吃人吗？”

狼坏笑着说：“狼生来就是吃人的，这只能怪你的慈悲用错了地方，不该相信一只狼，你活该让我吃掉！”

正在这时，有个农夫路过，东郭先生赶紧叫住农夫，让他来救自己，并向他讲述自己如何救了狼，狼如何忘恩负义要吃了自己的事，请农夫做个评判。农夫知道了事情的原委后，看了看战战兢兢的东郭先生，又看了看阴险狡诈的狼，哈哈大笑说：“你们的话，我都不相信，这只口袋这么小，狼这么大，怎么可能藏进口袋里呢？要不然，你们把当时的情境重演一遍，我来评判一下，如果这小小的袋子真能装下这么大的狼，那么就请狼将这位老先生吃掉，我也就不管了！”

狼同意了，它又躺在地上，蜷作一团，让东郭先生重新用绳子捆起来，装进了口袋里。这时候农夫立即把口袋扎紧，对东郭先生说：“这种伤害人的畜生是不会改变本性的，你对狼讲仁慈，简直太糊涂了。”说罢，抡起锄头，把狼打死了。

看待问题一定不要只看表象，既要全面，又要深入。要像农夫一样，做事不仅要有智，还要有勇，立场坚定，行事果敢。

东郭先生这才恍然大悟，机智的农夫靠其智慧救了自己，这让他明白：要看清事件的是非本质，即使是救人也要看被救的对象到底是个什么人，值不值得救。

成长启示

现在，“东郭先生”和“中山狼”已经成为汉语中固定的词语，“东郭先生”专指那些不辨是非而滥施同情心的人，“中山狼”则指忘恩负义、恩将仇报的人。在人与人相处的过程中，应该真心实意，但是像狼这样的恶人不可怜惜。同时，别人帮了我们，我们要有一颗感恩的心，要记得别人的恩德，不可做忘恩负义之人。

要点思考

1. 你怎么评价东郭先生？
2. 农夫的做法你赞同吗？为什么？

梁山伯与祝英台

导读

民间故事“梁祝”在我国流传已有一千七百年，可谓家喻户晓，流传深远，被称为东方的“罗密欧与朱丽叶”。让我们一起来领略这一爱情的千古绝唱，走近“梁祝”，感受“化蝶”那无与伦比的美好和悲壮吧！

西晋时，梁庄有一个青年学子叫梁山伯，遵从父母的意愿到红罗山书院求学，途中路过一个叫曹桥的地方，走累了的梁山伯在路边的亭子里休息。

离梁庄东十八里有个祝庄，庄上祝员外家有一女儿叫祝英台，十分聪明，一心求学，说服了父母，女扮男装，化名祝九弟，也前往红罗山书院求学。于是梁祝二人便在曹桥亭相遇了，两人一见如故，志趣相投（彼此有着相同的理想和兴趣，因此很投缘，很容易成为知己），于是结拜为兄弟，而后便一同到红罗山书院求学。在红罗山书院里，梁山伯与祝英台朝夕相处、形影不离，两人之间建立了非常深厚的友谊。

红罗山书院四面环水，景色宜人。有一次，梁山伯、祝英台和同学们一起玩耍，大家都用石头打水漂。而祝英台在扔石头的时候腰闪了一下，同学们便起哄叫道："祝九弟像女孩子一样。"祝英台顿时满脸飞红。

红罗书院的师娘非常心细，发现了祝英台的女儿身，她在梁山伯与祝英台的床中间立了块界牌（在交界地方树立的牌子，用作分界的标志）。梁山伯生性憨厚，不知其意，同窗三载也没想到祝九弟是个女孩子。

三年后，祝英台要回家看望自己的母亲，梁山伯相送十八里。一路上祝英台做了许多比喻来暗示梁山伯，但是憨厚的梁山伯根本不解其意。最后，祝英台只好说家中有个与自己酷似的九妹尚未出嫁，想要说给梁山伯，让梁山伯去祝家提亲。可是梁山伯家里非常贫穷，未能到祝家提亲。后来还是在师母的告知下，梁山伯知道了祝英台的女儿身，对自己没有理解祝英台的暗示表示懊悔。他当机立断，决定去找祝英台。

梁山伯带着祝英台留下的蝴蝶玉扇坠，来到了祝家。谁承想，祝员外竟然是个贪恋富贵的人，见梁山伯就是个穷书生，便告知祝英台早已许配给太守之子马文才，择日完婚。顷刻间，美满姻缘变成了泡影。悲痛的二人楼台相会，泪眼相向，凄然而别。临别时，立下誓言：生不能同衾（qīn，被子），死也要同穴（坟墓）。

后来梁山伯一病不起，最后带着深深的悲痛与遗憾离世了。被迫嫁人的祝英台听到梁山伯突然离世的消息，顿时悲痛欲绝。悲痛中，祝英台渐渐冷静下来，她穿上红衣红裙，走进了迎亲的花轿。迎亲的队伍一路敲锣打鼓，好不热闹！路过梁山伯的坟前时，忽然间飞沙走石，花轿不得不停了下来。只见祝英台走出轿来，脱去红装，缓缓地走到坟前，跪下来放声大哭。霎时间风雨交加，雷声大作，轰的一声，坟墓裂开了，祝英台微笑着纵身跳了进去。接着又是一声巨响，坟墓合上了。这时风消云散，雨过天晴，美丽的花朵在风中轻柔地摇曳，一对美丽的蝴蝶从坟头飞出来，在阳光下自由地翩翩起舞。大家都说，梁山伯和祝英台的爱情感动了天地，他们化作了美丽的蝴蝶。

成长启示

通过祝英台女扮男装，我们看到了一种强烈的反抗封建礼教的思想，一种要求男女平等、呼唤女性地位的意识。梁祝婚姻被残酷葬送具有强烈的悲剧意义，他们的“化蝶”结尾更富有一种积极的意义。活着追求不到的东西，在死后继续“追求”，千百年来，这种结局鼓舞着人们向一切封建顽固势力做顽强的抗争。

要点思考

1. 请用自己的语言来解释“化蝶”的意思。

2. 你觉得梁山伯为什么与祝英台同窗三年也没有发现对方是女儿身？从中可以看出梁山伯是个怎样的人？

白娘子的故事

导读

蛇妖白娘子与凡人许仙的爱情故事，既惊天动地，也感天动地。多管闲事的老和尚法海，却把二人生生拆散，并把白娘子镇在雷峰塔下。白娘子的妹妹小青，为了报仇潜心苦练十八年之后，挥剑砍向雷峰塔……

传说四川峨眉山的一个山洞里，住着一条修炼一千年的白蛇和一条修炼八百年的青蛇。她们虽是蛇精，却心地善良，从不出来祸害人类。

一天，白蛇和青蛇耐不住洞中寂寞的修炼生活，就瞒着师父黎山老母（古代神话传说中的女仙名，亦称作“骊山老母”，亦称无极老母、无当圣母。传说骊山老母居于骊山，在中国民间信仰中具有很大的影响力，很多道观中都供奉有她的神像），化身为两位美丽的姑娘，一个叫白娘子，一个叫小青，到人间游玩。

她们来到了人间天堂——杭州，正当两人在西湖断桥边兴致勃勃地欣赏美丽的荷花时，忽然间乌云密布，电闪雷鸣，一场倾盆大雨眼看就要泼下来。白娘子和小青既没带伞，又不便在众人面前施法术，正着急的时候，一位外貌清秀的后生走上来说：“两位姑娘用我的伞吧。”两人感谢不已，约好第二天到宅上还伞。

第二天一早，白娘子和小青按后生留下的地址找到了钱塘门，才知道后生姓许名仙，父母双亡，寄住在姐姐家，现在一家药店当伙计。白娘子见许仙忠厚老实，心地善良，对他情有独钟。在小青的努力撮（cuō）合下，二人结为夫妻。

许仙成家后搬出了姐姐家，和白娘子在西湖边开了一家药店。由于许仙踏实肯干，白娘子神通广大，什么草药都找得到，因此他们药店的生意越来越红火。

一天，许仙正在忙生意，门外进来一个化缘的和尚。那和尚一见许仙，忙说：“阿弥陀佛，贫僧是镇江金山寺住持法海。今见施主面带妖气，想必家有妖怪！”

许仙大吃一惊，说：“家中只有妻子和一个丫鬟，哪来的妖怪？”“既然如此，”法海道，“可能你的妻子是妖怪。你先不要声张，等端午节时让她喝下一杯雄黄酒，一切便有分晓。日后有事，可到金山寺找我。”

端午节那天，白娘子在丈夫的一再要求下喝了一口雄黄酒，马上感觉头昏眼花，忙叫小青扶她回房休息。过了好长时间，许仙不见白娘子出来，于是进房掀帐一看，只见一条巨大无比的白蛇卧在床上，浑身冒着白气。许仙当场吓得面如土色，随即大叫一声晕倒在地，不省人事。

许仙的惊叫唤醒了白娘子。她马上施行法术让自己变回了人形。看见许仙昏死了过去，白娘子慌了手脚，手忙脚乱地和小青一起把许仙抬上床，说：“妹妹，我只有上灵山盗来灵芝草，才能救醒官人。”小青赶忙阻拦说：“姐姐，你现在已有身孕，灵山戒备森严，你这一去恐怕凶多吉少啊！”“管不了那么多了，我必须去！”说完，白娘子飞上天，直奔灵山。

守护灵芝草的灵山鹿兄鹤弟手持长剑拦住已盗得仙草的白娘子，三人在半空中打得不可开交。白娘子无心恋战，只求尽快脱身离去，加上自己已有身孕，功力大打折扣，斗了几十个回合，早已筋疲力尽。但为了救丈夫的命，她还是苦苦支撑。

“住手!”随着一声断喝，只见山主南极仙翁缓缓走上前来。白娘子自知理亏，赶忙上前拜见。南极仙翁一声长叹：“你尘缘未了，该有此一劫。快快去吧。”白娘子大喜，拜了三拜，飞快地赶回了家。

吃了灵芝草不一会儿，许仙就慢慢睁开了眼睛。白娘子长嘘一口气。许仙一见白娘子，吃惊地喊道：“你……你……”白娘子连忙安慰他：“官人，刚才你看见的白蛇已被我杀死了，我扶你去看看。”许仙看见一条大白蛇被杀死在院里，但还是将信将疑。

有一天，他假称要到镇江金山寺还愿，实际上却是偷偷去见法海，法海一见许仙，便说：“施主，你脸上的妖气更重了。”许仙十分疑惑：“可我的妻子和常人并没什么两样啊?”法海道：“那是她道行深的原因。施主放心，不出一个月，老僧定会将她捉住，镇在宝塔下面，叫她永远不能再迷惑人。”

许仙一听这话，想起妻子的万般善良，赶忙说：“老法师，谢谢你的好意。不管你怎么说，我都不相信我妻子是妖怪。今后我们夫妻俩的事，不必你烦心了。”说着便要离开。法海让徒弟拦住许仙，说：“施主现在不能走，否则你会越陷越深。”任凭许仙怎样反抗，法海还是强行把许仙留在了金山寺。

过了几天，白娘子见丈夫还没回家，心中不安，便和小青一起上镇江金山寺去找许仙。这时法海手持金钵（bō，古代和尚用的饭碗，底平口略小，形稍扁），拦住白娘子和小青说道：“大胆妖怪，竟敢寻上门来。真是天堂有路你不走，地狱无门你偏行。”

一旁疾恶如仇（恨坏人坏事就像痛恨仇敌一样）的小青骂道：“老秃

驴，快把我姐夫放出来，万事都可化小，否则踏平你这鬼寺!”法海一听火冒三丈，大红袈裟一扬，舞动禅杖，和小青战在一起。

白娘子因道行不及法海，又有孕在身，忙拔下金钗，迎风一晃，转眼滔滔江水汹涌而来，把金山寺团团围住。

法海眼见大水即将淹没金山寺，慌忙脱下袈裟，向空中一甩，罩住了金山寺。结果洪水涨高一尺，金山寺就升高一尺，水始终淹不到金山寺。双方僵持了几个时辰，最后白娘子无奈只好退掉洪水，返回杭州。

白娘子水漫金山寺，许仙终于明白妻子并非人类。说来奇怪，许仙这时反倒踏实了，觉得妻子比许多凡人更善良，更可敬。

一天，他趁法海不注意，偷偷跑出金山寺，赶回了杭州。但是白娘子不在家，于是他赶到他们第一次见面的断桥，看见白娘子和小青正坐在一条船上。

小青一见许仙，劈头就问：“你还有脸来？你怎么不带秃驴一起来抓我们?”白娘子也说：“官人，你我夫妻一场，你总知道我的为人……”说着说着，眼泪忍不住掉了下来。

许仙非常难受，诚恳地说：“娘子，是我一时糊涂。我对不起你。”于是三人和好如初，一同回了家。

几个月后，白娘子生下一个白白胖胖的儿子，全家人都高兴得合不拢嘴。满月这天，许仙正高高兴兴地办宴席，谁知法海又手持金钵找上了门。

许仙忙说：“老法师，我妻子到底是人是妖，是好是坏，我比谁都清楚。但我很爱她，她也很爱我，请你不要再来破坏我们的幸福了。”

法海道：“阿弥陀佛，施主。不管她如何变化，她总是蛇精，是蛇精就一定会害人。老僧这是为你好。”说着便闯进门来，悬起金钵，对准白娘子罩来。可怜白娘子还没有反应过来，就被罩在了金钵之下。

小青正要冲过来与法海拼命，白娘子急忙喊：“小青快逃！他不敢杀我。你练好本领再来救我。快走！”金钵罩住了白娘子，法海把她压在了西湖边的雷峰塔下，自己也在西湖边的净慈寺住了下来。

小青逃回峨眉山，苦练十八年后，信心百倍地来净慈寺找法海报仇。二人战了几十个回合，法海毕竟年纪大了，只有招架之功，没有还手之力。小青越战越勇，忽见她手起剑落，削向附近的雷峰塔。只听轰隆隆一阵巨响，雷峰塔倒了下来，白娘子又恢复了人形，和小青一起对付法海。

法海慌不择路，一个金蝉脱壳（比喻用计脱逃而使对方不能及时发觉。壳，qiào），跳进西湖，躲到一只螃蟹的硬壳里。据说至今人们还能在螃蟹壳里，看到缩成一团的老法海。

许仙和白娘子、小青又见面了，还带来已长成英俊小伙儿的儿子。一家人紧紧地抱在一起，流下了幸福的泪水。

成长启示

许仙与白娘子之间的爱情和婚姻传说，反映了古代人民对男女自由恋爱的向往，表达了对封建势力无理束缚爱情婚姻自由的憎恨。

要点思考

1. 法海为什么一定要拆散白娘子和许仙？
2. 你最喜欢这个故事中的哪个人物？说说原因。

蒙古族的马头琴

导读

马头琴是蒙古族民间拉弦乐器，琴身木制，长约一米，有两根弦，适合演奏蒙古古代长调。琴声能够准确地演绎出蒙古人的生活，如辽阔的草原、呼啸的狂风、悲伤的心情、奔腾的马蹄声、欢乐的牧歌等。关于马头琴，在察哈尔草原，流传着这样的传说……

很久以前，察哈尔草原有个名叫苏和的牧童。苏和是由奶奶抚养长大的，祖孙俩靠着二十多只羊过日子。苏和每天都出去放羊，长到十七岁时已经完全像个大人了。他有着非凡的歌唱天才，邻近的牧民都很愿意听他唱歌。

有一天，太阳已经落山了，天越来越黑。可是出去放羊的苏和还没有回来。就在奶奶万分焦急的时候，苏和抱着一个毛茸茸的小家伙走进蒙古包来。奶奶一看，原来是匹刚出生的白色小马驹。苏和看着奶奶惊异的眼光，说道："在我回来的路上，发现了这个可怜的小家伙。我看一直没有人来找它，担心到了晚上它会被狼吃掉，于是就把它抱回家来啦。”

日子一天一天过去，小白马在苏和的精心照料下，渐渐长大了。小白马长得非常惹人爱，它浑身雪白，身体很健壮，苏和对它爱得不得了。

一天夜里，睡梦中的苏和被急促的马嘶声惊醒。他急忙爬起来开门一看，只见小白马正和羊圈外面的恶狼对峙（对抗；抗衡。峙，zhì）。苏和赶忙拿着棍子赶走了大灰狼，再看看小白马，由于拼命嘶叫，已累得浑身汗淋淋的。这次多亏了小白马，勇敢地保护了羊群。苏和轻轻地抚摸着小白马汗湿的身子对它说：“小白马，多亏你了。”

春天到了，草原上传来了消息：王爷要在喇嘛庙（指喇嘛教的寺庙。喇嘛，lǎ·ma，藏传佛教的僧人，原为一种尊称，意为“高僧”。也是活佛的一种称呼）举行赛马大会，在这次大会上要挑选一个最好的骑手，将自己漂亮的女儿嫁给他。苏和也听到了这个消息，邻近的朋友都鼓励苏和带着小白马去参加比赛。于是，苏和满怀信心地牵着心爱的小白马出发了。

赛马开始了，许多身强力壮的小伙子，扬起了皮鞭，纵马驰骋。苏和骑着小白马一路狂奔，终于取得了比赛第一的成绩。这时王爷下令：“叫骑白马的上台来！”等苏和走上看台，王爷一看，跑第一名的原来是个穷牧民。他便改口不提招亲的事，无理地说："我给你三个大元宝，把马给我留下，你就回去吧！"

"我是来赛马的，不是来卖马的。"苏和一听王爷的话，顿时气恼起来。

"你一个穷牧民竟敢反抗王爷？来人哪，把这个贱骨头给我狠狠地打一顿。"不等王爷说完，打手们便动起手来。苏和被打得昏迷不醒，被人扔下了看台，小白马也被抢走了。

奄奄一息（形容呼吸微弱，生命垂危。奄，yǎn）的苏和被亲友们救了回去，在奶奶的照顾下，身体渐渐恢复过来。一天晚上，苏和正要睡下，忽然听见门响，便问了一声："谁？"但没有人回答。这时门还是砰砰直响。苏和跑去开门一看，是小白马倒在了门前，它身上中了七八支箭，心疼得苏和直掉眼泪。

苏和赶快请来了医生给小白马治伤，但是小白马还是因伤势过重而死去了。

原来，王爷抢到了小白马之后，想骑着它到处去炫耀，可是他刚骑上马背就被小白马摔了下来。后来小白马挣脱缰绳飞奔而去，残忍的王爷便命令武士用毒箭射杀小白马，中了毒箭的小白马跑到苏和的蒙古包前就支撑不住了。

小白马死后，苏和吃不下饭，睡不好觉。一天晚上，他梦见小白马活了，它从太阳那边跑过来，用很轻柔的语气对他说："小主人，我回来了，再也不走了。你用我的筋骨做一把琴，这样，我们就能永远在一起了。"

苏和醒来后，就按照小白马的话做了，他用白马的骨头雕成马头做琴杆，筋做琴弦，尾巴做琴弓，这就是第一把马头琴。

从此，美妙的马头琴声传遍了大草原。人们只要拉起马头琴，唱起歌，就再也没有烦恼了。

成长启示

正义和善良永远是被人们铭记的，不管是苏和还是小白马，他们有情有义，一心一意为了自己内心的理想和愿望而做出了英勇的斗争。马头琴的故事反映了蒙古人对英雄人物、美好事物的崇敬和赞美，对丑恶势力的鞭挞和抨击。

要点思考

1. 苏和是怎样制作马头琴的？
2. 你觉得苏和身上有哪些优点？其中最让你敬佩的是哪一点？

高山流水觅知音

导读

伯牙是一位精通琴艺的音乐家，子期是一位普通的樵夫，看似毫无相似之处的两人却在同一首曲子中产生了相同的感受，这令伯牙又惊讶又开心，二人也因此结下友谊。他们约定来年的同一时间再度相会，可是当伯牙如期赴约时，子期却不见了踪影……

俞伯牙是春秋时期著名的音乐家，尤其以精通琴艺而闻名于世。不过，当初伯牙开始学琴的时候，虽然老师常常说他有很高的天赋，他的琴艺却一直没有太大的长进。

老师思索良久，终于觅得一法。他不再为伯牙讲解琴技，而是带着伯牙去游览山水，品味各地不同的风土人情。就是在这四处游历的过程中，伯牙终于突破了自己的境界，领悟了音乐的真谛。

有一天，老师对伯牙说，他的琴艺已经出神入化，达到了出师的标准。于是，伯牙拜别师傅，开始了一个人的游历。后来，伯牙在晋国国君的恳切邀请下，担任了晋国的上大夫，常常代表晋国出使其他的诸侯国。在这期间，虽然身旁的人都夸赞伯牙的琴艺高超，对伯牙弹奏的琴曲赞不绝口，但是伯牙却总是不满意，他认为，在称赞自己的这些人中，没有一个能够听懂自己弹奏时的心声，为此，他心中常常感到异常苦闷。

有一次，晋国国君派遣伯牙出使楚国，当伯牙到达汉阳江口的时候，正好是八月十五。那天江上风浪颇大，于是使团只好停在附近的一座小山上。

天色渐渐暗了下来，风小了，江上的浪花也小了下来，东方的天空中，一轮圆月穿过厚厚的云层跳跃到江面之上。看着眼前的美景，伯牙忽然想坐下来弹几首曲子，借以赞美这难得的美景。

于是，伯牙立即取出随身背负的琴，开始弹奏起来。月亮渐渐高了，微微的轻风似乎也陶醉在了伯牙的演奏中，它们轻轻吹动着树叶，一下一下和着拍子。就在伯牙即将结束弹奏时，他无意中向江上望了一眼，发现不远处有个人一动不动地盯着自己。

伯牙吓了一跳，手指用力过度，竟然拨断了一根琴弦。正当伯牙猜测那个人的目的时，只听得那人高声喊道："先生不要疑心，我只是个打柴的，回家路过此地时听到了您美妙的琴声，所以才停了下来。"

借着月光，伯牙发现那个人果真是一副樵夫的打扮，而且脚下有一担干柴，于是稍微放下心来。不过，他又想到：这个人不过一个山野村夫，又怎么能够懂得自己弹奏的雅意呢？于是，伯牙问道："既然你如此喜欢琴声，那么你知道我弹奏的是什么曲子吗？"

那名樵夫笑了："当然，先生刚刚弹奏的曲子与孔子称赞颜回的事情有关，而且即将结束了，可惜……"

伯牙心中一喜，没想到这个樵夫竟然真的懂琴曲。于是，他邀请那名樵夫上船一叙。樵夫没有拒绝，也没有在意伯牙身旁高大强壮的侍从，他从容地来到了伯牙的面前。

不过，当樵夫见到伯牙身前的琴时，眼中露出了震惊的神色："这是真正的瑶琴啊，人们相传，这可是伏羲氏（我国古代传说中的人物。传说他教民结网，从事渔猎畜牧。也叫庖牺）制造的！"接着，樵夫又说了一些与瑶琴有关的传说。听着樵夫的讲解，伯牙的心中不禁萌生结交之意。

接下来，伯牙又弹奏了几首曲子，每一首曲子，樵夫都能够准确地说出伯牙所表达的情感以及所描绘的事物。伯牙越来越开心，他知道，自己找寻多年的知音已经坐到了对面。于是，伯牙站起身，与樵夫重新叙礼，这才知道，原来这名樵夫叫钟子期，家就在附近。

两人相谈甚欢，于是对着江上那轮明月结为兄弟，并且两人相约，明年中秋的时候，仍然来此地相会。

第二年中秋的时候，伯牙早早地就来到了相约之地，然而月至中天了，他也没有等到钟子期。伯牙不知道发生了什么事情，他只好一个人在江边弹起了去年相遇时弹奏的那首曲子，希望等自己弹奏完毕之后，钟子期能够像去年那样，站在岸边静静地聆听。

然而，伯牙弹了一遍又一遍，钟子期却始终没有出现。第二天，当伯牙上岸去打探消息的时候，才知道原来钟子期已经得病去世了。

在生命的最后关头，钟子期叮嘱众人，一定要将自己埋在江边，这样，就能够如期赴约了。

听完这些话语，伯牙心中一片悲伤，在人们的指引下，他颤颤巍巍地来到了钟子期的墓前。在那里，伯牙再一次弹奏起了相遇时自己弹奏的那首曲子，但往日优美动听的琴曲，今日却弹奏得异常凄凉、悲伤。

一曲奏罢，伯牙又弹了一曲《高山流水》。终于，他停了下来。他喃喃说道："子期已经去世了，我唯一的知音已经不在了，还弹琴做什么呢?"说罢，伯牙挑断琴弦，将往日心爱的瑶琴狠狠摔在了青石上!

伯牙和钟子期的故事经众人之口一代代流传了下来，后人为了纪念他们之间的那份友谊，在他们相遇的那个地方修筑了一座古琴台。

成长启示

"高山流水觅知音"的故事流传千古，时至今日，"知音"成为珍贵朋友的代名词，也是那个最懂你的人。现实生活中，人们常说"知音难觅"，真正的好友并不容易获得。如果你有这样的朋友，一定要好好珍惜，因为这种友情是我们人生中一笔无形的巨大财富。

要点思考

1. 得知子期不在人世后，伯牙摔断了瑶琴，你为伯牙感到可惜吗?

2. 想想自己有哪些好朋友，他们身上有哪些吸引你的地方呢?

济公救阿福

导读

济公，原名李修缘，南宋高僧。他“鞋儿破，帽儿破，身上的袈裟破”，平生不受佛门戒律拘束，嗜好酒肉，举止貌似疯癫，实际上却是一位知识渊博、行善积德的得道高僧，列为禅宗第五十祖。民间流传着许多关于他的故事……

有一天，活佛济公匆匆从灵隐寺（又名云林寺，位于浙江省杭州市）下山，要赶去杭州救一个叫阿福的人。

原来，这人姓陈，名叫阿福，住在钱塘门内，家有老母和妻子韩氏，以卖狗肉为生。

这阿福倒是个勤快人，天天起早贪黑苦心经营着卖狗肉的营生。可他有一个很不好的缺点，就是生性多疑、脾气暴躁，总是喜欢猜忌（猜疑别人对自己不利而心怀不满。忌，jì）。和母亲住在一起经常斗嘴，常说一些冷言冷语的话来。但

“良言一句三冬暖，恶语伤人六月寒。”孝敬父母要从自己的言行做起。

是阿福的妻子韩氏却很贤惠，总是劝他说："母亲这么大年纪了，一辈子辛辛苦苦也不容易，我们该好好孝顺她才是。"可是阿福不听，依旧我行我素（不管别人怎么说，我还是照我本来的一套去做）。母亲见阿福这样对待自己，非常伤心，常常暗自落泪。

这一天，阿福像往常一样，起得很早，他走街串巷地吆喝着卖狗肉。这时，他发现不远处有一个人牵着一只大母狗和一只小狗崽要卖。他过去看了一下，觉得这两只狗不错，于是买了下来，决定回家后屠宰卖肉。

回到家后，阿福决定先将大母狗杀了。他将大母狗用绳子捆绑在院内的树下，这时他要回屋去提烧好的开水，于是顺手就将尖刀放在了地上，同时还让一旁的母亲帮忙照看一下。

阿福与小狗形成鲜明对比：一者为人，一者为畜；一者对母亲恶语相向，一者忠心护母。两者比较，格外触目，引人深思。

小狗崽看到大母狗被捆绑在树下，将要被残忍地杀掉，就趁老人不注意偷偷地将尖刀藏在自己的身下，然后偎依在大母狗的身旁，看着可怜的妈妈，眼泪直流。

阿福忙忙碌碌，一切准备就绪，可就是找不见原先放在地上的尖刀。这时阿福将过错归于母亲，大骂母亲没用。母亲在阿福的呵斥下无能为力，只能默默流眼泪。

阿福怒气难消，一脚踢开了小狗崽，却见刀子竟是小狗崽所藏，再看看小狗崽，眼睛里满是泪。见此景，阿福吃了一惊，倒退几步。

这时，那条小狗崽又扑在阿福跟前，紧紧咬住他的裤脚，一边望着绑在树下的大母狗，一边嘴里呜呜叫着，仿佛在哀求阿福不要杀它的妈妈。阿福愣住了，刀子掉到了地上，心生惭愧："狗都知道爱护自己的母亲，何况我是个人呢！"

阿福一边把大母狗放开，一边说："我也不杀你们了。如果你们母子两个愿意在我这里待下去，我就每天按时喂你们，如果不愿意，你们就自寻生路去吧！"

说完，阿福转身一下子跪倒在母亲面前，眼含泪水说："母亲，儿子以前不孝，常常在您老人家面前说些不该说的话，真是罪该万死。从今以后，我一定洗心革面（比喻彻底悔改），重新做人，好好孝顺您老人家，我发誓：从此以后绝不忘亲娘的养育之恩。"

浪子回头金不换，阿福此处的转变也与后文受到济公的照顾呼应。

阿福又说："今天出去，把已经做好的这一锅狗肉卖了。明天改行做个小本生意，再也不干这杀生的营生了。"

说罢，阿福吩咐妻子照顾母亲，自己挑着狗肉出了门。走街串巷到了钱塘门外，阿福突然觉得肚子疼，想找个地方方便一下。好不容易找到一个已经破旧不堪的茅厕，阿福把狗肉担子往旁边一放，匆匆忙忙地跑进去了。

也就在这时，济公发现了阿福。济公知道他原来不孝，但现在已经改过自新，重新做人了，所以要救他。

济公远远地喊了他几声："喂，这是谁家的狗肉担子？有人吗？"问了几声，都没人答应，济公挑起狗肉担子就跑。

济公的疯癫之态和阿福的情急之心刻画得很生动，极具画面感和感染力。

阿福在茅厕里，忽然听见外面有人喊："有人偷狗肉了！"他提上裤子，急忙跑了出来，发现一个疯和尚挑着自己的狗肉担子，一边飞快地跑着，一边伸手从筐里拿狗肉往嘴里塞。阿福一看，赶紧追了上去，一边喊着："抓贼了！抓偷狗肉的贼了！"

这时只听轰隆一声，阿福回头一看，刚才上的茅厕墙壁全都倒了。

阿福不由得用手拍拍脑门儿，暗自庆幸："好险啊！如果不是和尚偷我的狗肉，这次肯定被砸死在里面了。"

阿福回过神来，想起他的狗肉担子还在和尚那里呢，就急忙追上去。等阿福追到闹市里，发现那和尚竟站在大街边，那狗肉担子放在身旁，正一声一声地叫卖呢："狗肉了！卖狗肉了！上好的狗肉，不好吃不要钱！"济公用扇子扇了三下，狗肉块变大了，香味扑鼻。只见人们你一块，我一块，都争着来买这狗肉。

阿福气不打一处来，抓住那和尚，大声说："你这和尚竟然抢别人的狗肉担子，还敢在光天化日之下卖我的狗肉！"

济公哈哈笑道："贫僧知你今日定要遭难，才来救你一命。"

阿福这才想起自己差点儿被压死。济公将卖狗肉的钱和担子送还给阿福："银子二十两，回去孝敬老娘。"

从此阿福不再卖狗肉了，做起了鲜果生意。因为阿福勤快，生意一直很红火。他也一改往日的做派，对母亲孝顺有加，一家人过得和和美美。后来，街坊邻居一见阿福就夸他，说他是个孝子。从此，阿福孝母就出名了，生意也越做越兴旺了。

成长启示

百善孝为先，自古以来孝道就是中华民族的传统美德。失去了孝道就失去了做人最起码的德行，也势必会受到人们的鄙弃和批评。

要点思考

1. 脾气暴躁的阿福是如何幡然悔悟，变成孝子的?
2. 关于孝敬父母，你觉得自己应该怎么做?

赵州桥的故事

导读

赵州城的洨河上，一夜之间便架起了两座石桥，一座大石桥，气势雄伟，坚固耐用；一座小石桥，精巧玲珑，秀丽喜人。原来，这两座桥是由鲁班兄妹各自建造出来的。人们争相传诵这件奇事，最后引得神仙也来一探究竟。

赵州（今石家庄市赵县）城里有两座石桥，一座在城南，一座在城西。城南的大石桥，看上去就像一道长虹架在河上，雄伟壮观；城西的小石桥，看上去就像浮游在水面上的一条小白龙，活灵活现。传说这两座石桥分别是鲁班和鲁班的妹妹鲁姜修建的。

相传当时鲁班和妹妹鲁姜周游天下，走到赵州的时候，被一条白茫茫的洨（Xiáo）河拦住了去路。河岸上推车的，担担的，骑马的，拉驴的，熙熙攘攘（也说熙来攘往。形容人来人往，非常热闹。熙，xī），大家都争着过河进城。可是河里只有两只小船摆渡，半天也过不了几个人。鲁班看了，疑惑地问大家："你们怎么不在河上修座桥呢?”众人一听，纷纷说道:“这河深不可测，水流又十分湍急，没有人敢来修桥，打着灯笼，也找不着一个能工巧匠!”鲁班听了心里为之一动，随即和鲁姜商量，要为来往的行人修建两座桥。

鲁班对鲁姜说:“咱们先建大石桥后建小石桥吧！建桥是苦差事，你可别怕吃苦啊!”

鲁姜不服气地说:“我才不怕吃苦呢!”

鲁班说:“不怕就好。你本来就又笨又拙，再怕吃苦就更麻烦了。”这一句话把鲁姜说得不高兴了。她生气地说:“你不要嫌我心笨手拙，咱们把桥分开来建，你建大的，我建小的，看谁建得快，建得好。”

鲁班说:“好，那就比比。什么时候动工，什么时候收工?”

鲁姜说:“天黑出星星动工，鸡叫天明收工。”

鲁姜一说完，兄妹俩便各自忙去了。

鲁班不慌不忙地往南山走去了，而鲁姜则来到了城西，急急忙忙地开始动工修建起桥来。她一边修一边想:“非在你前面完工不可。”果然，三更没过，鲁姜就把小石桥建好了。随后她悄悄地跑到城南，想看看哥哥鲁班的进展。来到城南一看，河上连个桥影儿也没有，此时鲁班也不在河边。鲁姜心想:“哥哥这回输定了。”可扭头一看，西边太行山上，鲁班正赶着

“不慌不忙”“急急忙忙”，兄妹二人截然不同的行为做派，反映了二者不同的心态和性格。鲁班的从容大气和鲁姜的雷厉风行形成了鲜明对比，也为下文的故事发展做好了铺垫。

一群绵羊往山下来。等走近了一看，哪是赶的羊群呀，分明赶来的是一块块像雪花一样白、像玉石一样光润的石头，这些石头来到河边，一眨眼的工夫就变成了加工好的石料。有正方形的桥基石，长方形的桥面石，月牙形的拱圈石等，但凡是桥上用的，这里应有尽有。

鲁姜心里一惊，这么好的石头造起桥来那可是了不得！相比之下，自己造的那个简直差太远了。重修是来不及了，只能在外观雕刻上下功夫。于是鲁姜就在栏杆上刻了盘古开天、大禹治水，又刻了牛郎织女、丹凤朝阳，还有珍禽异兽、奇花异草，都刻得栩栩如生。她对自己这巧夺天工的雕刻满意极了，就又跑到城南去观察鲁班的进展。这一看，鲁姜顿时惊讶不已。天上的长虹，怎么落到了河上？定神再仔细一看，原来哥哥把桥快建好了，只差桥头上最后的一根望柱（墓道旁或桥梁栏杆中的石柱）就完工了。鲁姜见状，担心自己会输给哥哥，于是她闪身蹲在柳树后面，捏住嗓子，“喔喔喔——”学起了鸡叫。她这一叫，引得附近老百姓家里的鸡也都叫了起来。鲁班听见鸡叫，赶忙把最后一根望柱往桥上一安，桥也算建成了。

鲁姜学鸡叫，既刻画了她活泼调皮的姿态，也为文章增添了趣味。

这两座桥，一大一小，都很精美。鲁班修的大石桥，气势雄伟，坚固耐用；鲁姜修的小石桥，精巧玲珑，秀丽喜人。赵州一夜建起了两座桥，立刻引起了轰动，人人都来看，人人都赞美，从此这里车来人往，络绎不绝（形容行人、车、马、船等连续不断。络绎，luòyì）。

用对比的手法形象描绘出了两座石桥各具特色的风采，语言对仗工整，富于美感。

这件奇事很快就传到了仙人张果老的耳朵里。张果老不信，他想，鲁班哪有这么大的本领，便邀了柴王爷一块儿去看个究竟。张果老骑着一头小黑毛驴，柴王爷推着一辆独轮小推车，两人来到赵州大石桥，正好遇见鲁班在桥头上站着，望着过往的行人开心地笑呢！

张果老问鲁班："这桥是你修的吗？"鲁班说："是的，有什么不好吗？"张果老指了指小黑驴和柴王爷的独轮小推车说："我们要过桥，它经得住吗？"鲁班瞥了他俩一眼，说："大骡和大马，金车银辇都过得去，你们这小驴破车还过不去吗？"张果老一听，觉得他口气太大了，便施用法术聚来了太阳和月亮，放在驴背上的褡裢（dā·lian，长方形的口袋，中央开口，两端各成一个袋子，装钱物用，一般分为大小两种，大的可以搭在肩上，小的可以挂在腰带上）里。柴王爷也施用法术，聚来五岳名山，装在了车上。两人微微一笑，推车赶驴上了桥。刚一上桥，眼瞅着大桥颤抖了一下，鲁班急忙跳到桥下，举起右手托住了桥身，保住了大桥。

两人过了大桥，张果老回头瞅了瞅大桥对

柴王爷说："难怪人人都称赞，鲁班修的这桥果真是名副其实。"柴王爷连连点头称是，并对着才回到桥头的鲁班，伸出了大拇指。鲁班看着他俩的背影，心里说："这俩人不简单啊！"

至今，赵州桥的桥面上，还留有张果老骑驴踩的蹄印和柴王爷推车轧的一道沟，而且桥下面还留有鲁班爷托桥的一只大手印。

成长启示

鲁班不慌不忙却最终把桥及时完美地建了起来，这是一种胸有成竹的睿智，也是一种做事稳重的大气。妹妹鲁姜心态却完全相反，她做事着急，虽然最后也把桥建成了，但不及哥哥考虑得周全、做工精细。由此，我们可以分别学习他们的一些长处，争取把事情做得更好。

要点思考

1. 赵州的两座石桥各是由谁建造的？两座石桥各有什么特点？
2. 你更喜欢哪一座石桥？为什么？

聪明的阿凡提

导读

阿凡提究竟是真实的历史人物，还是一个流传于民间的虚构人物，众说纷纭。但是，史学家们经过数百年来的研究与考证，对于他所生活的年代应该是十二世纪至十三世纪这一点是肯定的。阿凡提是一个善于雄辩、善于讲故事、善于讲笑话的人。关于他的那些趣闻逸事，在民间口口相传，流传不衰……

从前有一个非常聪明的人，名叫阿凡提。他生活在一个官不为民、为富不仁（靠不正当手段发财致富的人没有好心肠）的年代，当时的百姓对此敢怒不敢言，但阿凡提从不怕这些高官和富人，还总用自己的智慧来戏弄、惩治这些坏人。

当时的皇帝总是欺压老百姓，阿凡提对此愤愤不平，他骑着自己的小毛驴，走到哪里，就在哪里说皇帝的坏话。

后来皇帝听说了这件事，气急败坏（上气不接下气，狼狈不堪。形容十分慌张或恼怒）地派人把阿凡提抓来。

阿凡提被抓来后，皇帝阴险地说道："阿凡提，听说你很聪明，那我就来考考你。如果你回答不出我的问题，你的脑袋就要搬家了！"

阿凡提听了，胸有成竹地说："没问题，你尽管考我吧。"

皇帝问："阿凡提，你说天上有多少星星？"

阿凡提回答说："你的胡子有多少，天上的星星就有多少，天上的星星和你的胡子一样多。"

"那么我的胡子有多少呢？"皇帝又问。

阿凡提想了一想，一手抓起他那小毛驴的尾巴，一手指着皇帝的下巴，说："你的胡子就和这驴尾巴上的毛一样多。要是不相信，你可以来数一数。"

皇帝一听，气得火冒三丈，咆哮道："大胆阿凡提，竟敢拿皇帝的胡子和驴子的尾巴相比，真是该杀！"说完就喊人把阿凡提五花大绑起来，押出去杀头。

可是阿凡提一点儿也不害怕，竟然还哈哈大笑起来。

皇帝觉得很奇怪，就问："阿凡提，我看你是疯了，都快要死了，怎么还笑得出来？"

阿凡提说："我早就知道自己今天要死了。所以我一点儿都不着急，因为我还知道一个关于你的秘密！但我不会对你说！"

皇帝被阿凡提勾起了好奇心，赶忙问道："到底是什么秘密？快点儿说出来，也许可饶你不死。"

阿凡提镇定自若（指在紧急情况下沉着冷静，和平常一样）地说："我不但知道自己哪一天死，还知道你哪一天死。"

皇帝吓了一跳，他是最怕死的人，整天梦想着自己能够长生不老，永享富贵。他急忙问阿凡提："快说，快说，我到底可以活多长时间？"

阿凡提说:“你比我晚死一天。我如果今天死了,你明天就要死了。我如果明天死了,你后天就会死。”

皇帝听了阿凡提的话,不禁直冒冷汗,连忙下旨:“快把阿凡提放了,快把阿凡提放了。以后所有的人都不准为难他!”

从此,皇帝不仅不能杀掉阿凡提,还得每天祈祷:“上天啊,你可要保佑阿凡提长生不老啊,他千万不能死啊!”

另外,皇帝还赏了阿凡提许多金银财宝,但正直的阿凡提把这些金银财宝都送给穷苦的老百姓了。

成长启示

阿凡提聪明、机智,他乐于助人的精神深深打动了我们。我们也要向阿凡提学习,做一个勇敢、友爱的人,去帮助那些有困难的人!

要点思考

1. 都被皇帝下令要杀头了,阿凡提为什么一点儿也不害怕?他想出了什么办法?

2. 关于阿凡提的民间故事有很多,你还知道哪些?用自己的语言讲述给同学们听吧!

天 书

导读

“坏心肠”加“缺心眼儿”的财主，收到了一封天堂来信，原来是他已经死去的父亲要邀请他和家里的木匠去天上帮忙盖房子。上天的办法只有一个，就是坐在点着的木柴堆上升天。财主将信将疑，心生一计……

从前，有个心肠非常坏的财主，这个财主不仅心眼儿坏，而且还有一点儿缺心眼儿。

财主家要盖房子，所以雇了一个木匠。木匠是个老实本分的人，他的媳妇不仅贤惠而且长得美若天仙。坏心肠的财主看上了木匠的媳妇，于是就和管家商量，要害死木匠，以达到霸占木匠媳妇的目的。

可是这个管家比财主还要歹毒，原来他也想霸占木匠的媳妇，而且还想得到财主的全部家产。于是他就仿照财主死去父亲的口吻写了一封“天书”，偷偷放在财主的家门口。书信上是这样说的：“我儿，我在天上过得很好，你有时间可以来看看我。但是现在我要修座大宅子，想要咱家雇的木匠来帮我盖房子。”

财主看了信后，半信半疑，于是找到管家商量，他说：“父亲既然来信，就得有人去看看，但是我现在还不方便，就让木匠先去，怎么样？但问题是怎么上天呢？”管家见财主心中生疑，马上看风使舵（比喻态度、做法等跟着情势转变方向）说道：“我们可以堆上木柴烧死木匠，这样木匠就可以升天了。”虽然木匠知道这都是管家的诡计，但一时又没有什么好办法，于是就假意答应上天。等火点着以后，木匠趁着浓烟偷偷地跑了。

几天以后，木匠竟然回来了，他不仅穿着漂亮的衣服，而且还带着很多钱来找财主，高兴地说：“我托老太爷的洪福，去天上逛了逛。天上人吃的都是凤肝凤脑，喝的都是琼浆玉液（比喻美酒或甘美的浆汁），仙女成群，歌舞升平。老太爷还让我给老爷捎来了一封书信。”说完就拿出一封信。

财主看了看，上边写着：“木匠已经把宅子盖好了，可惜的是你没有来。我很想念你，想让你来天上玩几天。我在天上还缺个管家，你把管家也一起带来吧，我会给你们安排好一切的。”

财主看完信后，再想想木匠的意外出现，对书信一事就完全相信了。他兴奋地叫着：“我也要到天上去享福！来人啊，赶紧准备大柴垛，泼上油，点上火。管家，你和我一起升天！”

其实管家比谁都心知肚明，知道这些都是假的，他可不想跟着傻财主去送死。可是财主大喊道：“来人啊，把管家推到柴垛上来！”于是家奴们连推带拽地把管家弄到了柴垛上。

木匠拿起准备好的火把，点着了柴垛，大火很快就烧了起来，缺心眼儿的财主和坏心肠的管家没多久就葬身火海了。木匠看财主和管家都被烧死了，就安心地回家和妻子团聚去了，从此，他们过上了安定的生活。

成长启示

这个故事，可以联系到一个词“玩火自焚”，比喻干冒险或害人的勾当，最后受害的还是自己。所以生活中，我们要有一颗仁爱之心，不要过分去羡慕和嫉妒他人的生活，否则会产生贪婪之心，继而去害人，最终一发不可收拾。

要点思考

1. 木匠为什么要假称自己去过天上？
2. 对于财主和管家的下场，你觉得值得同情吗？为什么？

李白求师

导读

“三人行，必有我师”这句话，在唐朝大诗人李白那儿真算是金科玉律。无论是在河边铁杵磨针的老婆婆，还是行吟于草木之间的无名诗翁，都是李白眼中的良师。

到了晚年，李白在仕途上非常不得志。他怀着苦闷的心情往返于宣城、南陵、歙（Shè）县等地，终日写诗饮酒，游玩于山水之间。

一天清晨，李白像往日一样，在歙县城街头的一家酒店买酒，忽听隔壁柴草行有人在说话：“老人家，您这么一大把年纪，怎么能挑这么多柴，您住哪里啊？”

这时只听一阵爽朗的笑声，接着，便听见有人在高声吟诗：

负薪朝出卖，沽（gū，买）酒日西归。

路人莫问归何处，穿入白云行翠微。

李白一听，感到非常惊讶，不知哪位高人能随口吟出如此动人的诗句？他赶忙问酒保，酒保说：“这是一位叫许宣平的老翁。

他因恨透了官府，看穿了世俗，所以隐居深山，但谁也不清楚他到底住在哪座山里。最近，他常到这一带来游历。每天天刚亮，他就挑柴来到镇上，柴担上挂着装酒用的葫芦。卖掉柴后就打酒喝，喝醉了就吟诗，一路走一路吟，过路的人都以为他是疯子呢！”

李白听后暗自思量：“这不正是和自己一样的‘诗狂’吗?”想到这儿，李白急忙出门追那老翁，只见老翁上了街头的小桥，虽然步履踉跄，但李白怎么追也追不上。微风中，老翁那满头银发在身后飘动，像远处的白云一样，可望而不可即（只能够望见而不能够接近，形容看来可以实现而实际难以实现）。

李白跟着上了小桥，穿过了一片竹林，这时他已累得气喘吁吁，可定神一看，却早已不见老翁的身影。李白仰天长叹：“老先生诗艺高超，当欲求教，如今失之交臂（指当面错过，失掉好机会），莫不是我真的遇上了仙人？可惜，可惜！”

此时李白还是不想放弃，他又匆匆往前赶了一程，可还是不见老翁，只好失望地回来。

到了晚上，李白辗转反侧，回想起自己大半辈子除了杜甫之外，还没结识到几个真正的诗友。他没想到今天竟遇上一个“世外高人”，心里暗下决心，一定要找到那位老翁！

第二天一早，李白就来到柴草行门口等待老翁，可是一直等到日落西山，也不见老翁踪影。第三天，第四天，天天落空。

到了第五天，李白等不住了，他背起酒壶，带着干粮上路了。他誓死也要找到这位老翁。

李白跋山涉水，一路走来，漫山的漂亮风景他无心欣赏，沟壑里的涓涓细流他无暇顾及。经过一个多月的寻找，李白还是没见着老翁的半点儿影子。正在他想要放弃的时候，回想起自己年少时碰到的那位用铁杵磨针的婆婆，婆婆有句话说得非常好——只要功夫深，铁杵磨成针（比喻只要有决心，肯下功夫，多么难的事也能做成功）。想到这里，李白咬咬牙，继续往前走，寻找老翁。

这天黄昏，李白拖着疲惫的身子，来到了黄山附近的紫阳山下。转过山口，只见前面立着一块巨石，上面似乎还刻着字。李白忘记了疲劳，仔细辨认起来，原来是一首诗：

隐居三十载，石室南山巅。

静夜玩明月，清朝饮碧泉。

樵夫歌垄上，谷鸟戏岩前。

乐矣不知老，都忘甲子年。

李白一连读了三遍，惊声赞道：“妙哉！妙哉！真是仙人之语啊！”从诗的内容来看，李白认为这首诗肯定是那位老翁所作。他回转身，看见岩石边的平地上摊着一堆稻谷，看来，准是许宣平老翁晒的。李白索性往边上一蹲，一边欣赏醉人的景致，一边等老翁来收谷。

天黑了，李白忽然听到山下传来阵阵击水声，循声望去，只见山下的小河对岸划来一只小船，一位须发飘飘、仙风道骨的老人立在船头打桨。李白赶忙上前询问：“请问老人家，许宣平老翁家在何处？”

原来这老人正是李白要找的许宣平老翁，上次他见李白身穿御赐锦袍，以为又是官家派来找他去做官的，所以再也不愿去歙县城了。他没料到，此人竟找了过来。这时，老人瞟了李白一眼，随手指指船篙，漫不经心地答道：“门口一竿竹，便是许翁家！”

李白抬眼望了望郁郁葱葱的山峦，又问：“处处皆青竹，何处去找寻？”

听到对得这么工整的诗句，老人重新打量了一下这位风尘仆仆（形容旅途中劳累辛苦）的人，反问道："你是？"

"我是李白。"说着，李白深深地鞠了一躬。

老人愣住了："你就是李白？李白就是你？"

李白连忙说明了自己的来意。

老人一听，双手一拱："哎呀，你是当今的诗仙！我算什么，不过是诗海里的一滴水啊。你这大海怎么来向一滴水求教，实在不敢当，不敢当啊！"说完，撑起船就要往回走。

李白一把拉住老翁的衣袖，苦苦哀求："老人家，我这三个月以来，一直漫山遍野地找您，好不容易见到了老师，难道就这样打发我回去不成？"

李白真诚的行为打动了老人的心。从此，无论在漫天的朝霞里，还是在落日的余晖中，人们经常看到李白和这位老人，坐在溪水边的大青石上饮酒吟诗。那朗朗的笑声伴着花香鸟语，随着溪水一起传到了千里之外……

成长启示

政治上的失意和不得志并没有吞没李白求师上进的抱负，他毅然执着于自己的理想，力求上进。他是我们学习的榜样，精神的引路人。路漫漫其修远兮，我们应该像李白一样，追求不息，奋斗不止。

要点思考

1. 简述李白求师的经过。

2. 李白当时已经是名满天下的大诗人，为何还要向一位无名诗翁学习诗艺？

唐伯虎的画功

导读

唐寅，明朝苏州人，字伯虎，与祝允明、文徵明、徐祯卿并称“江南四大才子”。唐伯虎的画充满仙气，画的虫儿会叫，画的鸟儿会飞……下面的两则故事讲述了他的神奇画功。

（一）会看更的画

唐伯虎年轻的时候，喜欢到处游玩，每天要玩到半夜才回家。他家住在一个小巷子里，巷口有个栅栏，一到天黑，就锁上了。这样一来，每天晚归的唐伯虎自然被挡在了外面。看管这个栅栏的人是个姓张的更夫，他心地很好，每次不管唐伯虎多晚回来，都来为他开门。时间长了，唐伯虎觉得过意不去，就画了张画送给更夫以表谢意。

更夫早就耳闻唐伯虎的画功了得，好多人对他的画都求之不得。这次唐伯虎竟然亲自为他画了一张，自然满怀欣喜，迫不及待打开一看，只见画上画了三根毛竹，每根十二节，毛竹顶上躲着一只小鸟，毛竹根部长着一小蓬狮子草，草上有只“叫蚰（yóu）子”。这张画画得栩栩如生（形容艺术形象生动逼真、像活的一样。栩，xǔ），才一打开，小鸟的翅膀扇啊扇地，一直跳，叫蚰子翅膀抖啊抖地，一直叫。更夫只知道这张画很神奇，但并不知道其中是什么意思，就问唐伯虎。

唐伯虎说：“我这画能帮你看更。”

“真的吗？”更夫满脸疑惑地问。

“我怎么会骗你呢，你平时把它收起来，起更的时候就把它展开挂在墙上。你望着它，小鸟往下跳一节，叫蚰子往上爬一节，你就打一更天；小鸟跳下第二节，叫蚰子爬上第二节，你就打二更天。打到五更，你就要把画收起来，小鸟跟叫蚰子就回到原来的位置了。到了第二天起更时，还可以继续使用。记住啊，一定要及时收起来，否则的话，小鸟便和叫蚰子碰了头，小鸟把叫蚰子吃了，就会飞走的！”

更夫一听，非常高兴，回去一试，果然如唐伯虎所说。从这以后，他的更打得非常准，而且不在更时上时，还可以回家歇息。

衙门里的县官听见更夫打更打得如此准确，感到很奇怪，因为从来没有一个更夫能把更打得这么准的，而且还好长时间不出一点儿差错，于是就把更夫传来问话。更夫是个老实人，况且也不敢说谎，就把此事一五一十地讲给了县官听。

可话才讲到一半，主要部分还没讲呢，县官就来气了：“好个唐伯虎，我好几次请你画画，你都不画，现在倒给更夫画！”这时他念头一转，就起了坏心，叫更夫把画拿来给他看看。这一看，果然是唐伯虎亲手画的，县官对此爱不释手，怎么舍得把画还给更夫呢！于是他拿出五十两银子对更夫说：“我把这五十两银子给你，你把画留下吧！”

更夫不敢违拗县官，没办法，只得留下画，独自回家去了。

当天晚上，县官把画往客堂上一挂，小鸟的翅膀扇呀扇地直跳，叫蛐子的翅膀也跟着一展一展地，守到一更天，小鸟一跳，下来一节，叫蛐子也朝上移了一节。县官看得乐此不疲。到了三更天时，县官有些困倦了，因为没有听完更夫的话，自然就不知道要把画收起来，所以就自管自地去睡了。

第二天早上，县官醒来再去看画，画上只剩下三根光秃秃的毛竹。叫蛐子不见了，小鸟也不见了，原来叫蛐子被小鸟吃掉了，小鸟吃完后，就飞走了。

这个县官不但不怪自己，还处处对别人说唐伯虎的画是骗人的呢！

（二）画中会叫的纺织娘

有一天，唐伯虎和好朋友祝枝山一同游西湖，祝枝山说：“伯虎，人家都说你画的画有仙气。你我这么多年的交情，怎么着也得给我画一幅吧？”

“咱俩都是老朋友了，有什么可画的呀。”

“不行，今天你非给我画一张不可！”

一路上，祝枝山都在喋喋不休（唠唠叨叨，说个没完），弄得唐伯虎实在没有办法，只好说：“好吧，就给你画一张。”

唐伯虎提笔就只画了一根细竹子。祝枝山一看，说道：“老弟，你是在开玩笑吧？因为我姓祝，你就给我画根光杆竹子。画花还得绿叶配呢！你再给画点儿什么吧。”唐伯虎嫌他唠叨，就说道：“我把话说在先，如果你不怕聒噪（guōzào，声音杂乱；吵闹），那我就再画点儿。”说着，就在竹子上画了一只纺织娘。

祝枝山看了看非常满意，回家就把这幅画挂在了床头墙壁上。哪知，到了晚上，祝枝山刚睡下，房间里就有东西叫了起来。吵得祝枝山睡不着觉，他爬起来，点着了灯，到处寻找是什么东西发出的声音，可是找遍了整个房间，也没找着。仔细一听，叫声还在屋里，再顺着声音一找，祝枝山惊奇地发现：原来是那幅画上的纺织娘在叫，两只翅膀还在那里抖动呢！祝枝山非常生气，顺手就是一巴掌。打了这一下，纺织娘就不再叫了。他继续上床睡觉，可刚刚闭上眼，纺织娘又叫了起来，声音比原先还要大！祝枝山又是一巴掌，纺织娘又不叫了。就这样，反反复复折腾了一夜，搅得祝枝山头昏脑涨（形容人因繁忙或事物毫无头绪，精神极度紧张）。

第二天，快吃午饭了，祝枝山才睡醒。刚要起床，唐伯虎就来了。一见面，唐伯虎就故意笑着问："祝老兄，昨晚睡得可好啊？"说着还故意朝那幅画上瞧去，一看，画上的纺织娘不见了，只剩下一根光杆竹子，就问道："纺织娘呢？"

祝枝山怕他笑话，说："哪来的什么纺织娘，你不就只画了根竹子嘛！"

唐伯虎见他要赖皮，也不点破他，说："牡丹好看，还得绿叶相衬呢，一根光杆竹子像什么画，让我来添点儿什么上去！"说着，提起笔来就要画。祝枝山急了："老弟，行行好吧，昨晚那只纺织娘吵得我一夜都没合眼，好不容易才把它给'请'走了。你要是再添点儿什么会出声的东西，我就要没命了！"

成长启示

唐伯虎的故事虽然是民间传说，但是唐伯虎的画功到了如此出神入化的地步，这与他的努力是分不开的。想要有收获就得有付出，努力与付出是成功路上必不可少的条件。

要点思考

1. 故事中提到了唐伯虎的几幅画？说说这些画的神奇之处。
2. 为什么说唐伯虎的画有“仙气”？

海瑞智断“青苗案”

导读

海瑞是明代著名政治家、著名清官，后人称其为“海青天”，与宋代包拯齐名。海瑞一生破案无数，其中流传甚广的“青苗案”，极具传奇色彩。

相传，在离松江白牛荡不远处有一座远近闻名的白马寺，寺中的白马和白牛荡里的白牛结下了不解之缘。

白马本是天界的天马，当时弼马温（负责养马的小官员。弼，bì）孙悟空大闹天宫时，开了马厩（jiù，马棚，泛指牲口棚），天马奔腾而出。一匹白马不小心奔离了马群，奔跑了很久才停住了马蹄。白马边走边看，这一看使得白马动了凡心，云端下的凡间青山碧水，桃红柳绿，这些美景比起寂寞的天庭来，更让人心驰神往，于是白马想到人间去游玩一下。

正在这时，玉帝派风神传来御旨，要所有天马速回马厩，唯独这匹白马没有回去。玉帝为此勃然大怒，命令天兵鞭挞白马，将它赶落凡尘，不许它再入天庭。

贬下凡间的白马跌落在白牛荡边，白牛对它的遭遇很同情，不断地安慰它，并让它暂时栖息在附近的一座小寺内。一天，吕洞宾路过小寺，对着白马吟了首颇含深意的偈（jì，佛经里的唱词）：“若遇青天来，尔便脱尘海。”白马把这件事告诉了白牛，他们一起悟出了其中的道理：如果遇到青天，白马就有机会回到天上了。

白牛让白马日后要行善积德，及早返回天界。从此，白马经常在夜里帮穷苦百姓拉犁耕田，天亮后就回到小寺，每天都累得大汗淋漓。

一次下过雨后，有人顺着马蹄印找到了小寺，发现木胎泥塑的白马竟然浑身湿漉漉的，大家感到十分惊奇，猜想这匹马也许受神仙点化来帮助穷苦人家，从此白马栖息的小寺便香火不断。年复一年，渐渐地，白马栖居的小寺便被人们叫作“白马寺”。

这一年，白马去帮李老实一家拉犁耕田。李老实知道白马暗中相助，便给白马留下了好吃的马料，但白马没有吃，后来白马在回寺的路上由于饿极了，就吃了路旁田里的麦苗。可是这麦苗不是别家的，正是臭名昭著（谓坏名声谁都知道）的刁员外家的。果然，刁员外状告李老实偷割他家的麦苗，对簿公堂（在官府公堂上受审问，后来指在法庭上对质或上法庭打官司。簿，bù）时又遇糊涂贪官，李老实被判死刑，打入了死牢。

但乡里所有的人都知道李老实是被冤枉的，联合起来为李老实申冤，这一起“青苗案”激起了民愤，于是，朝廷便命海瑞前来审理此案。海瑞微服私访来到松江府，听到了白马寺的传说，可他不信泥塑的马会吃麦苗，但一时之间又访不到什么线索，于是寝食不安（形容非常忧虑）。此案也就暂且搁置了下来。

到了第二年春天，白马才知道自己闯下了大祸，它无法弥补，只能更加卖力地给李老实家拉犁耕田，临走时还报复地吃掉刁员外家一大片麦苗。守在暗处的海瑞和公差见了立刻跟着白马，可田边路滑追不上白马，海瑞索性脱了鞋袜追到白马寺，这时白马刚回到寺里，身上还在流汗。海瑞见了，心疼地轻抚马背，叹道：“白马啊白马，你尚知良莠（yǒu，狗尾草，比喻品质坏的），明辨忠奸，小臣虽有海青天之称，怎比得上你啊！”

于是海瑞回去后，开堂审理“青苗案”，将诬告李老实的刁员外发配充军。海瑞见李老实忠厚可嘉，拨赠库银五十两，然后又拿出自己的俸银（指俸禄。俸，fèng）为白马塑金身。“青苗案”真相大白，白马见了“海青天”，引颈长嘶，乘风归去。李老实昭雪后，从此就不见白马显灵了，大家都说白马升到天上去了。

现在虽然找不到白马寺的真实地点，但白马和海瑞智断“青苗案”的故事却流传了下来。

成长启示

“积善成德，而神明自得，圣心备焉。”白马不辞劳苦地为百姓做事从而得到了百姓的爱戴和上天的原谅；海瑞为官清廉，一心为民请命也终使自己留名青史。在成长的路上，我们一定要像他们一样真诚做人、坦荡做事。

要点思考

1. “大闹天宫”的故事出自哪部作品？作者是谁？

2. 请用自己的语言讲述“青苗案”的始末。

黄鹤楼的故事

导读

黄鹤楼濒临万里长江，雄踞蛇山之巅，挺拔独秀，辉煌瑰丽，是名传四海的游览胜地。唐代诗人崔颢曾登上黄鹤楼赏景，写下了“黄鹤一去不复返，白云千载空悠悠”的千古名句。这两句诗，说的就是下面的故事。

传说很久以前，在蛇山的山脚下，一位姓辛的当地人开了个小酒馆，为南来北往的客人提供酒食，消除旅途的疲劳。大家都亲切地称呼他为“辛老板”。

有一年冬天，小店里来了一位身材魁伟，但衣着褴褛（lánlǚ，指衣服破烂）的客人，神色从容地问辛老板：“可以给我一杯酒喝吗？”当旁边的酒客对此人议论纷纷的时候，辛老板却没有因对方衣着褴褛而有所怠慢，急忙盛了一大杯酒奉上。谁知，这位客人喝了一碗还不够，接着要了第二碗，第三碗……直至喝得醉醺醺才离开。

就这样过了大半年，这位客人天天来到店里讨酒喝却分文未付。但是善良的辛老板并没有因为这位客人付不出酒钱而将他拒之门外，依然每天毕恭毕敬地给这位客人酒喝。

有一天客人告诉辛老板说：“我欠了你很多酒钱，没有办法还你。但你并没有嫌弃我，还每天给我酒喝，因此我要给你画幅画。”于是他从篮子里拿出橘子皮，在简陋的墙壁上画了一只引颈凝望的黄鹤，因为橘子皮是黄色的，所以画的鹤也呈黄色。

画完画后，这位客人又吟了一句诗：“酒客至拍手，鹤即下飞舞。”说完便飘然而去。疑惑不解的酒客们和辛老板根据诗的意思试着拍了一下手，只见墙壁上的黄鹤伸了伸它那优雅的长腿，扇动着美丽的双翅从画中飞了出来，在空中翩翩起舞，所有的人都为这奇异的景象感叹不已。当人们停止了拍手，这只黄鹤就又飞回到了墙壁上。酒馆有只会跳舞的仙鹤的消息渐渐传开来，有人不远万里慕名而来，只为能一睹黄鹤起舞的风采，辛老板的生意也因此越来越红火。

转眼间十年过去了，那位衣着褴褛的客人又飘然来到酒馆，辛老板上前致谢说：“我愿意收留您，满足您的一切需求。”客人笑着回答说：“我哪里是为了这个而来呢?”接着便取出笛子吹了一首悠扬的曲子，没多久，只见朵朵白云自空而下，画上的黄鹤随着白云飞到客人面前，客人便跨上鹤背，乘着白云飞上天去了。

辛老板为了感谢和纪念这位客人，便用十年来赚下的银两在黄鹄（hú）矶（jī）上修建了一座楼阁。起初人们称之为“辛氏楼”，后来便称为“黄鹤楼”。

成长启示

作为一位以盈利为目的的酒馆老板，却不因为客人的贫穷拮据而将其拒之门外，他注重的是待客之道，经营的是服务理念。这对追求利益最大化的现代社会来说，有很深刻的警醒意义。

要点思考

1. 背诵崔颢《黄鹤楼》全诗，试从诗中领会“黄鹤楼”的风采。
2. 辛老板用十年的盈利修建了黄鹤楼，你觉得值得吗？为什么？

桃园三结义

导读

在三国时代，刘备、关羽、张飞，桃园三结义，成为异姓兄弟，最终成就了一代霸业。三兄弟的排行，竟然不是根据年龄，也不是根据力气，而是由几根鸡毛来决定的……

涿(Zhuō)县城里有一条街叫忠义庙街，相传，当年张飞就在这条街上卖肉。他把肉系在门前一口井里，用千斤石板盖上，井旁竖起一块牌子，上面写着“谁能举起石，割肉白吃”。

有一天，张飞外出办事，正巧关羽赶着小毛驴粜(tiào，卖粮食)绿豆来到这条街，看见了井口旁边的牌子，心想：“好大的口气呀，我倒要看看这石头有多重！”他上前用手轻轻地一掀，没费吹灰之力就掀起了千斤石，从井里拎出半爿(pán)猪肉搭在了小毛驴背上，一声没吭地就赶着小毛驴赶集去了。等张飞回来后，发现井口上千斤石被掀开了，肉也少了大半，顿时感到怒火中烧(怒火在心中燃烧，形容愤怒的情绪非常强烈)，想要追到集上找关羽算账。

张飞是个粗中有细的人，他想到自己有言在先，直接去找人理论，恐怕不占理。但又转念一想，如果这次不去理论，那以后他岂不是要经常来白白拿肉了。情急之下他想了另外一个办法来报复。

他来到关羽的粮食摊上问："你这绿豆干不干？"

关羽说："干！干得很！"

"我用手捻（niǎn）捻试试行吗？"

"行！"

张飞抓起一把绿豆来，用大拇指一捻，绿豆成面了。他又抓起一把绿豆来一捻，绿豆又成面了。他捻了一把又一把，没过多久，把关羽的半口袋绿豆给捻得差不多了。关羽认得他是张飞，知道他是不服气故意来找碴（chá）儿的，就说："老乡！你要买绿豆，买回去再捻成面好不好？在这里你都给我捻成面，我还怎么卖！"

"你不是让我捻吗？"张飞瞪着眼睛说。

"谁让你都给捻了？"关羽也怒目圆睁。

就这样，你一言我一语互不相让，最后他俩拳打脚踢地打了起来。这时候，恰巧刘备赶集去卖草鞋经过这里，他见两个大汉大打出手，却不见一个人敢上前去拉架，就想上去劝解。别人见他斯斯文文的没有什么劲儿，劝他不要去。刘备不听这一套，上去两手往两边一拽，就把他俩给分开了。他一手抓一个，关羽、张飞两人又甩胳膊又踢腿，可谁也打不着谁。这就是人们常说的"一龙分二虎"。

张飞和关羽经过一番厮打，互相都佩服对方的力气，又经过刘备的从中调节，很快化干戈为玉帛（指把战争或争斗变为和平、友好），同时他俩也和刘备成了好朋友。于是他们三人在桃园拜盟结为异姓兄弟，可是结义完了之后，在三个人进行排行时又出现了争议。一般的结拜兄弟都是按年龄来排行的，可是年龄最小的张飞却不同意。他说："咱们排行理应比力气，谁力气大谁是大哥。"关羽说："刘备一下把咱俩分开了，数他力气大，应该是大哥，咱俩不相上下，谁做老二老三都行，还比什么？"张飞听了不吭声。此时刘备笑了笑说："这样吧，我们来斗智！咱们比比看谁能把鸡毛扔到房顶上去，谁一扔就上去了谁就是大哥，好不好？"

对于这个主意，张飞和关羽纷纷赞同。张飞性急，抓来一只鸡，拔下根鸡毛就使劲往房上扔，连扔几次都没扔上去。关羽也拔了根鸡毛使着劲地往上扔，也没扔上去。轮到刘备了，他不紧不慢地拎起那只鸡，轻轻一抡就把整只鸡连同鸡毛扔到房顶上去了。

张飞不服气地说："你扔鸡不算！"

刘备说："我总算把鸡毛扔上去了！"

张飞气得直哼哼，但是又无言以对，只好认输。

于是刘备当了大哥，那么谁是老二谁是老三呢？刘备说："张飞扔的最早，扔的次数最多，可是都没成功，按道理应该排老三，关羽排老二。"此时的张飞再也没说什么，默认了排行。

成长启示

不打不相识。一次意外的冲撞，让三人相遇并建立起深厚的友谊。他们重情重义，肝胆相照，留下了千古传扬的结义美谈。

要点思考

1. "一龙分二虎"是什么意思？请用文中的事例来解释。

2. 对于刘、关、张的排行，你赞同吗？为什么？

刘墉反穿朝服

导读 宰相“刘罗锅”的历史原型，便是清朝政治家——刘墉，关于他与贪官和珅斗智斗勇的故事，真可谓数不胜数，家喻户晓。下面的事情，便是其中的一件……

一天傍晚，乾隆皇帝来到午门散步，低头一看，只见午门到正阳门那段御道由于年久失修，不少地方已磨损得坑坑洼洼，觉得有失皇家体面，需要整修一下。于是他下令让和珅来承办此事，限其两个月之内竣工。

一条坑坑洼洼的御道在乾隆、和珅、刘墉三人眼中各有不同含义，也拉开了故事的序幕。

贪官和珅奉旨之后心里乐开了花，觉得又捞得了一个敛财的机会。

三天后，和珅就上奏道：“皇上，这段御道确实有碍观瞻（观看；瞻望。瞻，zhān），必须全部换新。由于所需石料要从数百里外的房山采办，石匠要精雕细刻，故而工程浩大，即使从紧开支，至少也需白银十万两。”乾隆皇帝听后二话没说，立刻准奏。

此后，御道旁立即搭起了工棚，并将御道两旁用草苫遮住，数百名工匠叮叮当当地日夜干了起来。结果，不足一个月，御道就提前竣工了。

乾隆皇帝在和珅的陪同下一看，果然御道平坦，焕然一新，不禁龙颜大悦，对和珅赞赏有加。次日早朝时，乾隆皇帝就当众宣旨：“和爱卿这次主修御道，夜以继日，既快又好，提前一个月完工，劳苦功高，朕赏你白银一万两，再升官一等。”和珅得意扬扬，名利双收，连忙谢恩。

花费一万，却申请十万，和珅贪污的这些巨款，俱是民脂民膏，这不仅令廉洁奉公的刘墉气恼，也令今天的我们大为愤慨，因而更为迫切地想知道刘墉会如何惩治贪官。

谁知过了没几天，此事的底细被清正廉明的刘墉无意中发现了破绽：原来和珅根本没有去房山采办石料，只是将原来的石块撬起来，令石匠在反面雕刻了一下；下面的路基平整后，一铺上石块便跟新的一样。因此，工期缩短，只花了区区一万两银子，这和之前和珅申请的十万两相差甚远。

刘墉决心将这件事揭露出来，让和珅当众出丑。第二天上早朝时，刘墉等其他大臣进入太和殿后，飞快地将身上的朝服脱下，反过来套上，然后悄悄跟了进去。

乾隆皇帝端坐在九龙椅上，居高临下，低头一看，忽见群臣后面站着个衣着与众不同的

人，觉得奇怪，再仔细一看，却是协办大学士刘墉。皇帝心里暗自揣测：他向来十分注重仪表，办事小心谨慎，今天怎么昏头昏脑将朝服穿反了，这是怎么回事？

这一情况很快就被向来看着皇上眼色行事的和珅发现了。他心想：刘罗锅，这下有你的好果子吃了。于是他故意幸灾乐祸地说："刘大人，你今天怎么啦？"和珅这么一说，群臣都看见了刘墉反穿朝服，大家都为他捏了一把冷汗。可刘墉自有打算，并不因大家的质疑而着急。

衣冠楚楚的群臣中，忽然看见一个反穿朝服的人，何其引人注目！而且这个人是一向行事谨慎的刘墉，着实令人费解！这就是刘墉刻意营造出的效果，也是将故事推向高潮的重要铺垫。

要是换个大臣，乾隆皇帝早就发火降罪了，但考虑到刘墉一向忠心耿耿，便改用责备的语气问："刘爱卿，你怎么将朝服穿反了？快出去穿好了再来见朕。"刘墉这才装作恍然大悟（猛然醒悟。恍，huǎng），出去穿好了又进来，跪地奏道："启奏皇上，微臣今日将朝服穿反了，确实不该，请皇上恕罪。不过，朝服穿反显而易见，可如今有人将御道仅仅翻了个面，再略加修饰，就侵吞公款，从中谋利。"刘墉话音一落，刚才人物动作、神态的描写生动传神，寥寥数笔便勾画出和珅由张狂得意到担忧恐惧的急速逆转，使人物形象真实丰满，如在眼前。

还趾高气扬（高高举步，神气十足。形容骄傲自满，得意忘形。趾，zhǐ）的和珅，顿时像矮了一截，脸色大变。

“什么？你说这御道是翻个面铺的？”乾隆皇帝一听，连忙追问，“刘爱卿，这到底是怎么一回事？快快奏来。”

刘墉大步向前，伏地奏道：“万岁，此事微臣偶然听说，并已去现场查看。不过，还是请皇上先问问和大人为好。”

乾隆皇帝暗吃一惊，便问和珅：“你还不从实招来？”

和珅见东窗事发，再也无法隐瞒，忙跪倒在地说：“微臣该死，臣确实未去房山采石，只是将原有的石块翻转过来雕刻了一下，重新铺上。”

乾隆皇帝勃然大怒：“你好大的胆，那么你总共花了多少银子？”

“一万两。”

“那其余的九万两呢？”

“这——”和珅光是拼命磕头，再也答不出话来。

刘墉奏道：“皇上，这还用问，其余的早落入了和大人的腰包。嘿，想不到这么一项小工程，和大人竟能变出大戏法。望皇上明断。”

直到这时，群臣才知道刘墉反穿朝服的用意。此时的乾隆皇帝早已怒气满胸，下旨说：

“大胆和珅，竟敢欺君犯上。朕命你速将贪污和赏赐给你的银两退回国库，并降职一级。这段御道须按你原来的方案重新建造，所需银两则罚你出。下不为例，否则严惩不贷（严厉处罚，不予宽容。贷，宽恕）。”

和珅只得自认倒霉，表示认罚，并连连谢罪。纪晓岚奏道：“皇上，刘大人参奏有功，理该有赏。”乾隆皇帝朝刘墉笑道：“好，朕赏刘爱卿朝服三件。不过，下次你不要将它再穿反了。”刘墉忙说道：“谢主隆恩。如今御道之案已正，微臣不会再将朝服穿反了！”

反穿一次朝服解决一件贪腐案，我们要为刘墉的聪明点赞。结尾的话又呼应了主题。

成长启示

为人诚实正直，心怀百姓社稷，敢于与贪官污吏做斗争，这是清正廉明之人的为官之道。直臣刘墉为了伸张正义，保护国家的财产，直言揭露，是老百姓心目中的理想清官，也是我们追求和学习的榜样人物。

要点思考

1. 不畏强权的刘墉为何不直言进谏，反而用“反穿朝服”的办法先引起皇帝注意？

2. 和珅修御道的方法你觉得好吗？谈谈你对这个人的看法。

寒食节

导读

“寒食节”，顾名思义，就是在这一天，不能生火做饭，要吃冷食。关于这个节日的起源，要追溯到我国春秋时期……

寒食节，是我国传统节日。清明节的前一天就是寒食节，寒食节这天，家家都不点火，吃冷食。

寒食节的源头，应为远古时期人类对火的崇拜。古人的生活离不开火，但是，火又往往给人类造成极大的灾害。于是古人便认为火有神灵，要对火进行供奉。各家所供奉的火，每年都要熄灭一次，然后再重新燃起新火，称为改火。改火时，要举行隆重的祭祖活动，相沿成俗，便形成了后来的禁火节。禁火节，后来又转化为寒食节，用以纪念春秋时期晋国的名臣义士介子推。

传说春秋时期，介子推所在的晋国发生了内乱，公子重耳（即晋文公，姬姓，名重耳，是春秋时期晋国的第二十二任君主）被迫逃亡在外。而介子推不畏艰难险阻，誓死追随着重耳。

重耳流亡到卫国的时候，途中生病，可周边又没有可以吃的东西。情急之下，忠臣介子推竟然从自己腿上割了块肉，让人做成肉汤，喂给重耳，使重耳渡过了难关。

后来重耳终于回国做了国君，成了历史上有名的晋文公。当晋文公在对随从他流亡的功臣们进行封赏时竟然忘记了介子推。介子推也不愿夸功争宠，于是携年迈的老母隐居在绵山。

后来，晋文公认识到了自己的失误，非常惭愧，于是他亲自到绵山恭请介子推，可介子推不愿为官，始终躲藏在山里不愿意露面。

晋文公想，介子推是个大孝子，要是放火烧山，介子推必定背着母亲为逃避山火而下山，这样一来他就能见到介子推了。于是，晋文公派人放火烧山，大火烧了三天三夜，把青山烧成了焦土，但仍然不见介子推出山来。火灭后，人们发现，介子推抱着母亲已经被烧死在一棵大树下。

晋文公见介子推宁肯被烧死也不愿意见自己，非常悲伤。为了纪念这位忠臣义士，于是在介子推死难之日不生火做饭，要吃冷食，后来便形成了寒食节。

成长启示

自古以来，忠贞爱国就是中华民族的传统美德。因此，千百年来忠臣义士介子推仍被人们缅怀和纪念，成为一代代人学习的榜样。作为学生的我们也应该向他学习，立志做一个有理想有道德的好学生。

要点思考

1. 你认同介子推割肉救主公的行为吗？为什么？
2. 介子推为什么宁愿被烧死也不愿见晋文公？

端午节

导读

农历五月初五，是我国传统节日——端午节。在这一天，人们赛龙舟、吃粽子、饮雄黄酒……关于这个节日的由来，要从爱国诗人屈原说起。

农历五月初五端午节，是我国传统节日之一。据说，人们过端午节是为了纪念伟大的爱国诗人屈原。

战国时期楚国和秦国争夺霸权。诗人屈原是楚怀王的大臣，又称“屈大夫”，很受楚王器重。他倡导举贤授能，富国强兵，主张联合齐国共同对抗秦国，但遭到以上官大夫靳尚为首的守旧派的反对，他们不断在楚怀王的面前诋毁屈原，楚怀王听信谗言，渐渐疏远了屈原。有着远大抱负的屈原倍感痛心，他怀着难以抑制的忧郁悲愤，写下了忧国忧民的《离骚》《天问》《九歌》等不朽诗篇。

公元前299年，秦国攻占了楚国八座城池，接着又派使臣请楚怀王去秦国议和。屈原看破了秦王的阴谋，冒死进宫陈述其中的利害，楚怀王不但不听，反而将屈原逐出京城。楚怀王如期赴会，一到秦国就被囚禁了起来。楚怀王悔恨交加，忧郁成疾，三年后客死于秦国。楚顷襄王即位不久，秦王又派兵攻打楚国。

公元前278年，秦军进攻楚国京都。楚顷襄王仓皇逃亡，秦兵攻占了楚国的都城。屈原眼看自己的祖国被侵略却无能为力，心如刀割。所以，就在这一年的五月初五，在写下了绝笔之作《怀沙》后，他抱石投汨（mì）罗江而死，以自己的生命谱写了一曲壮丽的爱国乐章。

江上的渔夫和岸上的百姓听说屈原大夫投江自尽了，纷纷来到江上奋力打捞屈原的尸体，同时拿来了粽子、鸡蛋投入江中。有些郎中还把雄黄酒倒入江中，以便药昏蛟龙水兽，使屈原大夫的尸体免遭伤害。

从此，每年的五月初五，楚国百姓都到江上赛龙舟、投粽子，以此来纪念这位伟大的爱国诗人，端午节的风俗就这样流传下来了。

成长启示

爱国是一个人最起码的道德修养，也是中华民族的传统美德。屈原这位“忠而见疑、信而被谤”的爱国诗人至今仍活在人们心中，成为一代代有志之士学习的榜样。

要点思考

1. 端午节为什么有吃粽子的风俗？

2. 你知道哪些屈原的诗文名句，这些作品体现了屈原怎样的高贵品质？

重阳登高

导读

诗人王维在《九月九日忆山东兄弟》这首诗中写道："遥知兄弟登高处，遍插茱萸少一人。"重阳节为什么要登高，并且头插茱萸呢？原来，关于这个节日，也有一个动人的故事……

很早以前，汝南县里有一个叫桓（huán）景的人，一家妻儿老小，守着几亩薄地，勤劳耕作。日子虽过得清贫，但也其乐融融。

有一年，汝河两岸爆发了瘟疫，县里很多人都病倒了。轻的不能起床，重的丢了性命。桓景的父母也在这场瘟疫中病死了。

桓景记得小的时候听大人们说："汝河里住有一个瘟魔，每年都要出来到人间走走。他走到哪里就把瘟疫带到哪里。"于是桓景决定拜师学习除魔的本领，为百姓除害。他听说南山中住着一个名叫费长房的大仙，神通广大，于是即刻收拾行装，进山拜访。

桓景进了南山之后，看见到处都是浓密的森林和危险的悬崖峭壁，始终也没有找到大家口中的神仙。但他不畏艰难险阻，翻过座座高山，蹚过湍急的河流，越过重重悬崖峭壁。

有一天，他正往前走，忽然看见面前站着一只雪白的鸽子。那鸽子不住地向桓景点头。桓景不知它是什么意思，便也向鸽子点头微笑。这时鸽子忽然飞起，飞了两三米远便落下，又不停地向桓景点头，桓景走近它时，那鸽子又飞了起来。桓景突然明白了，原来鸽子是在给自己引路，便随着鸽子一直向前走去。

终于，他来到了一处地方：苍松翠柏之间，有一座古庙，庙门横匾上写着“费长房仙居”五个金字。那鸽子丢下桓景，飞到庙院上空欢叫盘旋。桓景来到门前，可黑漆门紧闭。他诚恳地跪在门外，一直跪了两天两夜。终于在第三天的时候，大门打开了。只见一位白发老人笑眯眯地说：“我知你为民除害心切，快跟我进院吧。”桓景知道这就是费长房大仙，又拜了几拜，这才跟着进去。

费长房给了桓景一把降妖青龙剑，接下来的日子，桓景在费长房的指导下，不分昼夜地习武练功，一日不敢懈怠。那天桓景正在练剑，费长房走到他跟前说：“今年九月初九，汝河瘟魔又要出来，你赶紧回乡为民除害。我给你茱萸（zhūyú，植物名。香气辛烈，可入药。古俗农历九月初九重阳节，佩茱萸能祛邪避恶）叶子一包，菊花酒一瓶，让你家乡父老登高避祸。”费长房说完，用手一指，古柏上的仙鹤展翅飞了过来，落在桓景面前。桓景跨上仙鹤向汝南飞去。

桓景回到家乡，召集父老乡亲，将费长房的话告知了大家。九月初九那天，他带领全县的父老乡亲登上了附近的一座高山，每人分了一片茱萸叶子，说这样随身带上，瘟魔不敢近身。又把菊花酒倒出来，每人喝了一口，说喝了菊花酒，不染瘟疫之疾。

他把乡亲们安排好，就带着他的降妖青龙剑回到家里，独坐屋内，等待瘟魔的到来。

不大一会儿，只听汝河怒吼，怪风旋起。瘟魔出水走上岸来，穿过整个县城也不见一个人，忽然抬头见人们都在高高的山上聚集着。于是它蹿到山下，只觉得酒气刺鼻，茱萸异香沁入肺腑，不敢近前登山，就又回身向村里走去。这时他发现桓景一人正在屋中端坐，就吼叫一声向前扑去。桓景一见瘟魔扑来，急忙舞剑迎战。斗了几个回合，瘟魔战不过他，想要逃跑。桓景立刻把降妖青龙剑抛出，只见宝剑闪着绿光向瘟魔追去，将瘟魔一剑穿心。

从此以后，汝河两岸的百姓，再也不受瘟魔的侵害了。九月初九登高避祸，桓景剑刺瘟魔的故事，一直流传至今。

成长启示

在众乡邻遭遇灾难的时候，桓景作为乡里的一员，勇敢地站了出来，不惧艰难毅然承担起了消灭瘟魔解除困难的责任。在我们身边也有许多这样的英雄人物，当一方有难时，他们乐于伸出援助之手。他们身上体现出来的高尚品德是我们中华民族几千年来经久不衰的精神文明血脉。

要点思考

1. 重阳节有哪些风俗？请结合当地的风俗说一说。
2. 桓景是怎样打败瘟魔的，其中茱萸的重要性大吗？为什么？

金斧子、银斧子和铁斧子

导读　　金、银、铁，三者的价值差距显而易见。如果你眼前摆着金斧子、银斧子和铁斧子这样三把斧子，你会如何取舍？让我们一起来看看下面这位樵夫的选择吧！

从前有一位樵（qiáo）夫，他每天都到河边去砍柴。有一天，樵夫不慎将斧子掉进了河里。因为河水比较深，他无论如何也没办法把它捞出来。想到以后不能再砍柴了，樵夫伤心地痛哭起来。

水里的河伯听到了樵夫伤心的哭泣声，便从水中探出头来询问。樵夫把自己的苦衷一五一十地告诉了河伯。河伯非常同情他，便潜回水底帮他寻找丢失的斧子。河伯再次出来时，举着一把金光闪闪的金斧子，问樵夫：

“喂，朋友！这把金斧子是你的吧？”

“不，”樵夫诚实地答道，“这个不是我的，我的只是一把普通的铁斧子。”

河伯又潜入水中，这次又捞出一把银斧子在樵夫面前晃了晃。樵夫看了看，说：

“这也不是我的！”

于是河伯第三次潜入水中，很快，河伯又捞起一把铁斧子。

看到了自己的斧子，樵夫高兴极了，激动地跳了起来：“对，这把就是我的！我的就是这把铁斧子！”他说着向河伯诚挚地表示了感谢。

河伯深深地为樵夫的诚实、憨厚和正直的品格所感动，便把金斧子和银斧子也同时赠给了他。

樵夫回家后，向隔壁邻居讲了他所经历的一切。那个邻居是一个善妒、贪婪（贪得无厌。婪，lán）而又爱占小便宜的家伙。他把樵夫的话暗暗记在心里，也想用一把铁斧子换一把金斧子。第二天，他也跑到河边，把自己的铁斧子扔到河里，然后号啕大哭起来。河伯像昨天一样，听到了哭泣声，便从水中探出来。河伯问清了原委，便潜入河里帮他寻找丢失的斧子。

过了一会儿，河伯再次探出身子，手里举着一把金斧子，问：

“这是你掉到水里的斧子吗？”

这个贪婪的家伙见到这金灿灿的斧子，口水都要流出来了，于是急不可待地喊着：

“是啊，是啊！这正是我的斧子，是我的！”

贪婪的他此刻已失去了理智，他顾不上河伯，便匆匆跑过去要夺下这把金斧子。就在这时，聪明的河伯明白了这个家伙的意图，不但没把金斧子给他，连他扔下的铁斧子也不去管了。最后河伯还诅咒了这个爱说谎并爱占小便宜的家伙。

成长启示

樵夫打柴时不小心丢了斧子，善良的河伯前后帮他捞上来金斧子、银斧子和铁斧子。憨厚而诚实的樵夫选择了自己的铁斧子。贪婪的邻居知道了这一切也去尝试，然而他的诡计很快就被河伯看穿了，最终他什么都没有得到，连自己的铁斧子也搭了进去。要知道诚实才是人生的最大财富，贪婪的小人只会让自己最终一无所有。

要点思考

1. 你赞同樵夫的选择吗？为什么？

2. 在生活中，应该如何抵制物质利益的诱惑，你有什么好办法吗？

真假夜明珠

导读　夜明珠是一种稀有的宝石，是在黑暗中，人眼能看到的、能自行发光的天然珠宝。下面这个故事中的“夜明珠”，不仅是稀世珍宝，还是东海公主选定的定情信物呢！

传说东海龙王有一个十八岁的女儿，长得美丽动人。东海龙王眼看自己的女儿长大成人了，于是开始张罗着要给她选一个如意郎君。可是选来选去，东海公主都不满意。

有一天，东海龙王问公主：“我最心爱的女儿，你要找个什么样的人做你的如意郎君呢？”

公主回答说：“父王，女儿我不爱有钱的财主，也不进有势的官家，我要找一个诚实、勇敢的人做我的如意郎君！”

这一天，黄鳝将军从江河巡逻回来。他说，有一个叫阿二的人，住在河湾的高山下；阿二诚实、善良、勇敢，远近闻名，因为家里贫穷，至今还没有娶亲。

公主听到这件事后，开心地笑着说：“我终于找到我要嫁的人了！”

这天晚上，阿二做了一个奇怪的梦。梦里，一个白发老公公对他说：“阿二啊，有一个姑娘，在河湾上等你呢，快去向她求婚吧！”

阿二在梦里笑醒了，于是就将自己梦到的事情一五一十地告诉了哥哥阿大。阿大听了很嫉妒，他故意说：“做梦哪能当真呢！不要胡思乱想了，快睡吧！”阿二没有再说什么，紧接着又睡着了，而阿大却偷偷地起来，赶到河湾去了。

等阿二再次醒来的时候，不见了哥哥阿大，也不知道他到哪儿去了。他想起自己刚才做的梦，猜想梦也许是真的，于是也赶到河湾去了。

阿大阿二相继来到河湾。河湾的晚上，圆圆的月亮挂在天上，微风吹过，河水闪着万道银光，萤火虫带着小灯笼，在河滩上飞上飞下。这时两个人突然惊奇地睁大了眼睛，因为他们都清清楚楚地看见真的有一个年轻漂亮的姑娘，她正坐在河滩的石块上，身上穿的衣裙，就像是天边的彩霞。

阿大和阿二都走了过去，向她求婚。那姑娘看了他们一眼，心想：怎么来了两个人？只好说：“叫我答应谁好呢？你们自己说吧！谁是最诚实、最勇敢的人？”

阿大和阿二都说：“我是最诚实、最勇敢的人！”

姑娘说：“好吧！最诚实、最勇敢的人，我现在需要一颗夜明珠。如果谁给我拿来，我就嫁给谁。”

阿大和阿二问：“请问姑娘，夜明珠在哪里呢？”

姑娘说：“夜明珠在东海龙王那里。我给你们一人一支分水簪（zān），有了这支簪，就能下海去取夜明珠了。”说完，她将两支簪子，分别递给他们兄弟俩。

兄弟俩向姑娘行了礼，就各自去找夜明珠了。阿大向别人借了一匹马，骑着马，向大路上奔去了。阿二背了一串草鞋，顺着河，向小路走去了。他们都是晓行夜宿，走了很多天。

一天，阿大来到了一个村庄。这村庄正在闹水灾，许多田地被大水淹没了，许多房屋也淹没在水里。老人和孩子都躲避到了山上，年轻人驾着船，划着桨，在水里抢捞东西。

原来，这里一连下了五天的雨，再加上地势较低，雨水就积了起来。水势一时半会儿退不了，大家都很着急。因为再不退，庄稼和房屋就要被水浸泡坏了。村子里年长的人说："咱们快到东海龙王那里去借金瓢吧！只要把金瓢借来，就能将水舀干，我们的村子就有救了！"可是，谁能到东海龙王那里去借金瓢呢？

阿大此刻正为自己没有了干粮而发愁，正巧他听见大家都说要到东海龙王那里去借金瓢，他想了想说："我就是要到东海龙王那里去的，如果你们给我准备干粮，我就帮你们借金瓢！"

村庄上的人们听说阿大肯帮他们去借金瓢，都很高兴。大家都情愿自己挨饿，也要把干粮凑起来给他，并且还造了一只小木船，送他过河去。

过了两天，阿二也到了这里。他的干粮也早吃完了，一路上，靠打野味填饱肚子。他看见这里大水成灾，心里很焦急，于是跟着那些年轻人一起，到水里帮乡亲们抢救漂走的东西。

阿二帮他们抢救了一天，也听到别人说，只要把东海龙王的金瓢借到，大水一定可以舀干。于是，他就向乡亲们说："我就是到龙王那里去的，金瓢我帮你们借吧！只要能够下海去，我一定帮你们借到。"大家要划船送他过去，阿二不肯，跳下水游过去了。

阿二到了东海边，阿大早已等候在海边了。原来东海像一个广漠的战场，杀气腾腾的。风吹着尖厉的号角，浪像千百乘铁骑，向海岸猛烈地拍击着。

阿大看得心惊胆战，不敢下去。等到阿二来了，阿大就叫阿二先下海。阿二二话没说，拿起分水簪，就跳进了海里。说来还真奇怪！海水像被刀切开了一样，向两边分开，让出一条通道。此时阿大也赶紧跳进海里，紧跟着阿二向海底走去。

他们到了东海龙王宫殿的门口，跟守卫说明来意。龙王见了他们，非常高兴，带他们来到宝库。龙王对他们说："宝物都在这里了，你们想要什么，就拿什么。不过我们这里有一个规矩，就是一次只能拿一样宝物。"说罢，他用手一指，宝库的门就打开了。

这宝库里，五颜六色，灿烂缤纷，好看极了。壁上挂的，桌上放的，都是天下独一无二的宝贝。

阿大一心想娶河湾上那位姑娘做妻子，他就拿了颗最大的珠子。这珠子金光夺目，照得整间屋子都很明亮。他心想，这一定是夜明珠了！他把它藏在自己背上的袋子里。阿大拿了夜明珠，心还不知足，他还想要拿金元宝，可被守卫一把给推了出来。

阿二进了宝库，看见搁在架上的夜明珠，但他没有去拿。他想，已经答应给别人借金瓢，就应该拿金瓢。他向宝库的守卫要了金瓢就出来了。龙王要留他们多玩几天，可他们都有各自的心事，不愿意留下来，于是就都回到了岸上。

阿大到了岸上，骑上马，抽了几鞭，向家乡飞驰而去。阿二步行走得慢，远远落在了他后面。阿大再次经过那个闹水灾的村庄，水还没有退，许多庄稼都淹死了，人们都在路口焦急地等着他。人们看见他回来了，都面露喜色，一齐围上来问他："你借来的金瓢呢？"阿大撒了个谎，回答说："龙王不肯借，我也没办法。”说完，他双腿一夹，骑马快速离开了。

过了一天，阿二也到了。他过了河，就向山上的人们喊道：“乡亲们，快下来，金瓢借来啦！”山上的人高兴极了，都下山来了。阿二用金瓢舀了一瓢水，屋子里的水都退了；用金瓢舀了第二瓢，庄稼都露出来了；用金瓢舀了第三瓢，平地上的水都干了。

这时地面上突然出现了一只大河蚌！由于水退了，河蚌已经死了。大家掰开蚌壳一看，里面有一颗特别大的黑珠子。村子里的人们就把这颗珠子送给了阿二，他们说：“闹了水灾，没有什么好东西来谢你，收下这颗珠子，就当是个纪念吧！”

阿二实在推辞不过，就把这珠子留了下来，然后就回到了自己的村庄。阿二虽然没有拿到夜明珠，但帮助别人做了一件好事，心里仍是很开心。

阿大早几天就到家了。他在河湾上找到那位姑娘后，赶紧拿出那颗光芒耀眼的珠子，双手捧着，恭恭敬敬地给那位姑娘看，要求那位姑娘马上跟她成亲。

姑娘说：“这珠子是真是假，晚上再看看吧！”

晚上，阿大到了河边，从背上的袋子里取出那颗珠子来。奇怪！白天里光芒璀璨的珠子怎么到了晚上一点儿也不亮呀？阿大又气又恼，狠狠地把珠子一摔，珠子就碎了，珠子里淌出来一泡水，像腐肉一样臭。

隔了一天，阿二也到了。他低着头，去见那位姑娘，歉疚地说：“对不起，姑娘，请你原谅，我没能把你要的夜明珠拿到。”

姑娘说：“那么，你背上袋子里装的是什么呢？”

阿二说：“哦，这是别人送给我做纪念的，是一颗普通的黑珠子。”

阿二把珠子拿了出来，乌黑黑的，一点儿光气也没有。阿大在一旁冷笑道:“哼，河滩上的石头都比它亮多了呢!”

不一会儿，天黑下来了。黑珠子竟然亮了起来，月亮跟它比起来，都显得暗淡了几分！它银色的光芒，照得河滩像白天一样明亮。

那位姑娘接过珠子，向高空一抛，银色的光芒便闪得人睁不开眼睛。等阿大睁开眼睛看时，银光里，矗立起一座金色的宫殿，那夜明珠高高地嵌在屋顶上。姑娘和阿二已换上了华贵的礼服，手拉着手，肩并着肩地走进宫殿，去成亲了。阿大也想赶过去，但是刚到了宫殿门口，就被门口的守卫拦住了。

经过这件事后，阿大后悔不已，他发誓以后也要像阿二那样做一个真正诚实、勇敢的人，还要热心地帮助别人，再也不像以前那样自私自利了。

成长启示

故事中的阿二最后之所以可以美梦成真，和他善良的心灵是分不开的。从这个故事中，我们可以学到的做人道理是：生活中要有一颗善良之心，能够伸出自己的援手帮助困难中的人；答应别人的事情，要信守承诺，不可为一己之私而将承诺抛于脑后。

要点思考

1. 阿大和阿二各自是怎样取得珠子的?

2. 为什么阿二会得到公主的芳心？你觉得仅仅是因为他拿到了真正的夜明珠吗?

神奇七兄弟

导读

力大无穷、呼风唤雨、不怕冷热……这种天赋异禀的人做事自然不同凡响。如果有七个各怀本领的兄弟，他们一起出动，会做出怎样惊天动地的事情来呢？

传说有一个村庄左边是高山，右边是大海。在这里生活着一对老夫妻，他们有七个长得又高又壮的儿子。老大叫大壮实，老二叫二刮风，老三叫三铁汉，老四叫不怕热，老五叫五长腿，老六叫六无影，老七叫七大口。每个人都有着不同的超人本领，大家都称他们为“神奇七兄弟”。

有一天，老汉对七兄弟说：“咱们村西是高山，村东是大海，出门十分不便，你们把它们搬远一点儿吧。”

七兄弟答应着就出去了。过了一会儿，老汉出门一看，大海和高山都已无影无踪，呈现在眼前的是平坦宽阔的土地，这些土不松也不紧，不湿也不干，非常适合种庄稼。

于是老汉对七兄弟说：“这样肥沃的土地，哪能让它闲着，你们在这上面种上些五谷杂粮吧。”七兄弟答应着，就动手耕种起来。

过了些日子，那肥沃的田地里，长满了一望无际的好庄稼，齐腰高的谷子金光灿灿的。老汉和七兄弟仿佛看到了丰收的景象，个个都笑逐颜开。

可是，正当大家憧憬（chōngjǐng，向往）丰收的景象时，灾祸也跟着来了。京城里的皇帝听说了这块富饶的土地，于是派大臣到这里来催缴皇粮。

老汉一听发了愁，他叹着气对七兄弟说道：“孩子们，咱们不用打算将来能过上好日子了，皇帝的胃口是个填不满的窟窿啊！”

七兄弟听了老汉的话，对皇帝的所作所为非常生气，一起说道：“爹，不用怕，我们弟兄七个这就进京和皇帝讲理去。”

七兄弟还没走到京城城门，负责守卫的人远远地就望到了他们，吓得连忙关上城门，上好铁杠，锁上一把巨大的铁锁，爬到城楼上躲了起来。

七兄弟到了城门跟前，大壮实喊道：“开门呀，我们弟兄七个是进京来跟皇帝讲道理的。”

大将军躲在城楼里，哆哆嗦嗦地说道：“你们这群庄户人怎么配跟皇帝讲道理呢？”

大壮实一听火了，伸手一推，只听哗啦啦一声，整个城楼轰然倒塌，尘土扬天，砖石乱滚，守门的人也被埋在了里面。

七兄弟又往里走，到了午门外，只见午门也被关得严严实实的。二刮风一看，说：“大哥，你先歇歇，我去叫门。”他提起嗓门儿大声地喊道：“开门呀，我们弟兄七个要进去跟皇帝讲理！”

二刮风叫了好几声也没人答应，于是一口气喷出来，顿时狂风骤起，午门两旁的盘龙石柱连摇晃也没摇晃一下，就被吹倒了。

见到这般情景，满朝文武都吓坏了，谁也不敢出来阻挡。眼看七兄弟来到了金銮（luán）殿，三铁汉说道：“二哥，你先歇一会儿，我去跟皇帝讲理！”

三铁汉向前一走，皇帝吓得脸色惨白，慌忙说道：“你一个庄户人家，怎么有资格和朕讲道理，来人啊，快将这些人拖出去斩了！”

三铁汉听了，笑了一声说：“先给你一条胳膊斩斩试试！”

他把胳膊朝一个拿刀的侍卫伸去，正打在他那把明晃晃的刀刃上，只听砰的一声，火星四溅，这把刀就成了一堆废铁。

皇帝吓得从龙座上滚了下来，几个大臣好不容易才把他架回了后宫。

皇帝见杀不了七兄弟，就命人点火烧死七兄弟。霎时间，侍卫点起许多火球，他们将这些冒着浓烟的火球，接连扔到七兄弟的面前。这时老四不怕热说：“你们先到后面歇一歇，这次由我来招架。”他一脚踏住一个火球，冷笑了一声说道：“我现在非常冷，这点儿火实在是不够用的。”

皇帝看火烧这招不好用，紧接着又命令百万大军，一起把七兄弟推到海里淹死。

五长腿听了，说道：“不用费事啦，我正想去海里洗个澡呢。”只见他几步就迈进了大海，可海水只没到了他的脚脖子。

六无影隐匿自己的身形，在金銮殿上把皇帝和满朝文武戏弄了一番。皇帝气恼，命士兵围成一圈来保护他。

七兄弟看这样对峙下去也不是个办法，皇帝也不是个讲理的人。于是他们让七大口来发挥一下本领，七大口答应着就一口把大海里的水喝干了。他回过头来，又一张嘴，海水从他口里一下子喷涌出来，海水波涛汹涌地向皇宫冲去，冲倒了层层的高墙，把皇帝和文武百官都淹没在了水里。

后来，七兄弟回到了村庄，和父老乡亲共同守护着这片肥沃的土地。

成长启示

故事中的皇帝贪婪成性，不爱护自己的百姓，所以得到了应有的惩罚。而七兄弟被人们赋予了传奇色彩，体现了人们对正义力量的向往。

要点思考

1. 你赞同七兄弟去找皇帝“讲理”的行为吗？他们的做法有不妥之处吗？

2. 你觉得这则民间故事为什么会千百年来流传不衰？

雪山之巅的幸福鸟

导读　传说中，有这样一只幸福鸟，它住在白雪皑皑的雪山之巅，它飞到哪里，就会把幸福带到哪里。为了全村人能过上幸福的生活，西藏少年汪嘉，勇敢地踏上了寻找幸福鸟的征程。

传说，在西藏有这样的一个村落，那里没有太阳，没有月亮，没有河流清泉，没有花草树木，住在那里的人们根本不知道幸福是什么。

村里的老人们说，幸福其实是一只美丽的鸟，它住在很远很远的雪山之巅，它飞到哪儿，哪儿就有幸福。

于是村子里每年都有人去寻找幸福鸟，可是都有去无回。因为那座雪山脚下有三个长头发的妖怪，他们的头发比身体还长，那是它们的武器，只要吹吹头发，就能要人的命；所以有他们三个占领着雪山，任凭再聪明的人也上不去山，找不到幸福鸟。

村里有个勇敢的孩子叫汪嘉，为了能让村里人知道什么是幸福，他下定决心去找幸福鸟。

汪嘉一路上翻山越岭，跋山涉水，终于来到了雪山脚下。

可这时，突然有一个黑头发妖怪挡在了他前面，他说话像乌鸦叫："谁叫你到这儿来的，来干什么？""我是来找幸福鸟的！"汪嘉坚定地说。黑头发妖怪听了哈哈大笑："你这么个小孩子，也想来找幸福鸟？我叫你在乱石滩上走上几十里路，你的小命就没了！"说完，他猛地吹了一下自己的黑头发，汪嘉面前原本平坦的大道，顷刻间变成了乱石滩，每块石头都像尖尖的刀子一样竖在路上。

勇敢的汪嘉什么也不怕，他朝乱石滩走去。刚走了一小会儿，鞋子就让尖石头划破了；又走了一会儿，脚板也让尖石头刺破了。他忍着剧痛继续往前走，后来实在走不动了，便趴在了乱石滩上。他开始一点儿一点儿地向前爬，手心划破了，膝盖磨破了，但他始终没有放弃。就这样，汪嘉艰难地走完了几十里的乱石滩。

这时，汪嘉又碰上了黄头发妖怪。黄头发妖怪也猛地吹了一下头发，汪嘉的面前出现了干燥的大沙漠，没有任何的水源。汪嘉没有犹豫，勇敢地踏进了沙漠。在沙漠里，他渴得仿佛嘴要着起火来，浑身没一点儿力气，但最终还是坚持着走出了沙漠。

可这时又出来了白头发妖怪。白头发妖怪同样也猛地吹了一下头发，把汪嘉的眼珠吹了出来，汪嘉变成了瞎子。汪嘉在黑暗中用手摸着土地一步一步地往前爬，终于爬上了雪山之巅，此时幸福鸟就在山顶上。

幸福鸟问："孩子，你千辛万苦地上来是来找谁的呀？"

汪嘉不知道谁在跟他说话，他说："我来找幸福鸟！"

幸福鸟用翅膀拍拍汪嘉，他身上的伤马上就好了；幸福鸟用嘴吹了吹汪嘉的眼睛，汪嘉的眼珠飞回来了。汪嘉看见幸福鸟就站在自己的面前，高兴得忘记了自己所受过的一切苦难。

幸福鸟让汪嘉骑在自己的背上，他们一直飞到了西藏，飞到了汪嘉的家乡。

“太阳，太阳，快升起来！”幸福鸟叫了一声，太阳就升起来了。温暖和煦（温暖。煦，xù）的阳光普照着大地。

“大河，小溪，快流过来！”幸福鸟叫了第二声，大河就翻滚着波涛向东奔去，小溪也在山涧轻快地流淌着。

“树木，花草，快长出来！”幸福鸟叫了第三声，山上就长出了参天的大树，地里开出了各色的鲜花。

从此，这个地方就叫作幸福村，幸福村里的人都说：“是幸福鸟带来了幸福！”可幸福鸟却对人们说：“不是我带来了幸福，是勤劳勇敢的人自己找到了幸福！”

成长启示

人人都想自己过得幸福，可是幸福却来之不易。想要生活得美好，想要成就自己的理想，都得需要我们自己去努力，去经营。前进的道路上纵然充满了荆棘和坎坷，我们也不要轻易放弃，幸福才会来到我们面前。正如故事中幸福鸟所说的那样，幸福是留给勇敢勤劳的人的。

要点思考

1. 请简述一下汪嘉寻找幸福鸟的过程。

2. 你觉得这个故事中的幸福鸟有什么寓意？

三条遗嘱

导读

一个家庭中，真正能让子孙后代受用无穷的“家产”，不是什么巨额财产，而是可以代代相传的良好家风和人生智慧。下面故事中的这位老汉，便深谙此中真谛。

从前，有一个老汉，他有三个儿子。后来老汉老了，得了重病，他知道自己已经时日不多，但他放心不下自己的三个儿子，于是便把三个儿子叫到了床前，让他们到厨房每人找一双筷子。

“孩子们!”老汉对三个儿子说，“我已经老啦，说不定在什么时候就要离开你们了，我没有多少家产留给你们，只准备给你们留下三条遗嘱。现在你们先把拿来的筷子，每人折断一根!”

三个儿子不费吹灰之力，就各自把手中的筷子折断了一根。

老汉看了，又说道:“现在你们把其余的筷子合在一起，折断试试。”

剩下的筷子合在一起了，三个儿子用尽力气，可是谁也没能折断。

老汉便说：“孩子们，你们明白了吗？这就是团结一致的力量呀！我的第一条遗嘱就是希望你们在我死后，兄弟三人像这把筷子一样，和和睦睦（指相处融洽友好）地一起过日子。”

老汉停了停又说：“我的第二条遗嘱很简单——你们在吃干馍馍时觉得没味道的话，就蘸上些蜂蜜来吃。”

可老汉没有再说第三条遗嘱，他意味深长地说：“至于第三条遗嘱，我现在不告诉你们，你们先照着前两条遗嘱去做，如果遇到困难，再向你们的母亲问这第三条遗嘱，我已经把第三条遗嘱告诉了她，到时候你们就会明白的。”

没过多久，老汉就离开了人世。兄弟三个按照父亲的遗嘱，和和睦睦地一起过日子，吃白面馍馍时还蘸上一些蜂蜜。

几年过去了，三个儿子把家里不多的家产都吃完了，父亲留下的一个果园也由于没人看管而荒芜了。生活一天比一天困难起来，到最后，实在没有办法，三个人就向母亲问父亲的第三条遗嘱。

“孩子们！”母亲说，“你们的父亲叫我在你们最困难的时候才告诉你们。他的第三条遗嘱是：‘在我们的果园里，不知哪两棵果树之间埋有一口袋元宝。’现在你们就拿上铁铲去挖吧。”

三个儿子听到这话，连忙拿起铁铲，跑到果园里，在果树之间挖起来。挖到疲倦时，肚子也饿了，母亲给他们送来干馍馍和开水，他们就狼吞虎咽地吃起来，都觉得比以前蘸着蜂蜜吃更香甜。

就这样兄弟三人连着挖了两个月，他们把每一棵果树下面的泥土都深深地翻了一遍，但是都没有找到元宝。

他们来问母亲这是为什么，母亲指着满园的果树说：“虽然没找到元宝，可是这荒芜了的果园，又结起了肥硕的果实。”三个儿子这两个月来一直关注地下，还从来没有仔细地看过这些果树，这一看，果然，满园子的果树棵棵都枝繁叶茂、硕果累累。

此时母亲语重心长（言辞诚恳，情意深长）地说道：“再不要为元宝耗费心思了！你们父亲的第三条遗嘱的意思其实是说——劳动后吃干馍馍喝开水，比闲着吃蘸蜂蜜的白面馍馍更香甜。你们要齐心合力，像找元宝一样地辛勤劳动，经营好果园。只有靠自己的劳动，才能有收获！”

成长启示

这个故事告诉了我们两个深刻的道理：筷子的事让我们明白，要与身边的人好好相处，学会共赢与分享，这样才能更有力量；挖宝的事让我们明白，劳动远比享受要让人幸福得多，同时还能带来意想不到的收获，找到真正的人生宝藏。

要点思考

1. 故事中老汉立下的三条遗嘱体现了他的哪些人生智慧？
2. 老汉将“吃馍馍蘸蜂蜜”作为第二条遗嘱，其用意何在？

华佗虚心求学

导读

华佗，东汉末年著名医学家，与董奉、张仲景并称为“建安三神医”。他医术全面，尤其擅长外科，精于手术，被后人称为“外科圣手”“外科鼻祖”。他一生酷爱钻研医术，一心为人民解除病痛，即便已经名满天下，依然虚心向乡间的无名医生求教。

华佗刚开始行医的时候，医术并不是太高，但后来由于他能虚心向别人学习，一点一滴，取长补短，终于成了一代名医。虽然他成了名医，但他还是不忘向医术更为高明的人请教。

有一天，医馆里来了个年轻人，请华佗给他治病。华佗把脉一按，对病人说：“你得的是头风病（一种疾病，主要表现为阵发性头痛）。我这里药倒是有，但是没有药引子（中药药剂中另加的一些药

“一按”就得知病情，可见华佗的医术高超。

物，能加强药剂的效力）。”“要什么药引子啊？”“老虎胡须。”病人一听要老虎胡须做药引子，吃了一惊，心想这没法儿找，只得回家去了。

过了些日子，这位年轻病人又到另一个老医生那里瞧病。老医生问他：“你这头风病找人看过吗？”年轻人说：“找华佗治过，他说要老虎胡须做药引子，我没法，只好不治了。”老医生哈哈大笑，说：“用不着去找老虎胡须，找十个古旧草帽，和药一起煎汤喝就行了。只是记住必须是戴过很多年的草帽才顶事。”

病人照着老医生说的做了，果然药到病除。有一天华佗又碰到了这个年轻人，见他生龙活虎，不像有病的样子，就问道：“你的头风病好啦？”年轻人笑着回答：“是呀，多亏了那位老医生。”华佗赶忙问吃的是什么药，拿什么做的药引子。年轻人说：“用草帽煎汤。”华佗一听，连忙打听了老医生的住处。

已是名医的华佗，却能在一个无名医生那里潜心苦学三年，这不仅体现了华佗虚心好学的优秀品质，还为我们例证了“三人行，必有我师”和“学无止境”的道理。

华佗想向这位老医生讨教秘方，可是心里又想：别人积了这么多年的经验，才得到的秘方，哪里会轻易传授于我呢？我只有去他门下拜师求学才行。于是，华佗装扮成一般人的模样，到老医生那里当起了学徒，这一学就是三年。

话说有一天，老医生外出治病去了。华佗同师弟正在屋里炼药，这时门外来了一个大肚病人，只见他肚大如箩，腿粗像斗。病人说是特

中国医学博大精深，向来都有“以毒攻毒”和“恶病恶治”的说法，但民间传说毕竟是传说，有些未经科学证实的做法，一定要审慎看待。

意来找老医生治病的。老医生不在家，华佗的师弟不敢随便接待，就叫病人改天再来。此时病人苦苦哀求说：“求求先生，帮我治一下吧！我家离这儿很远，来一趟真不容易啊！”这时华佗出来了，见病人确实病得非常重，不可再耽误，急忙说：“我来给你治。你拿二两砒霜（一种无机化合物，白色粉末，剧毒。砒，pī），分两次吃，万不可一次吃完！”病人接过药，连声道谢，离开了。

病人走了之后，师弟埋怨起华佗：“你可知道那药有毒，吃死人怎么办?”华佗说：“这人得的是膨胀病，必须以毒攻毒。”

再说那大肚病人拿了药刚走到村外，正巧碰上老医生回来，病人走上前让老医生瞧病。老医生一看病人，说道：“你这病容易治，买二两砒霜，分两次吃，不可一次吃。”病人听了，把手一伸，说：“二两砒霜，你徒弟拿给我了，他也叫我分两次吃。”

老医生拿过药一看，果然是砒霜，而且药方也写得和他说的一模一样。老医生心里非常奇怪：“我这个秘方除了琼林寺老道人和华佗，还有谁知道呢？我还没传给徒弟啊！”他回到家里，就责问两个徒弟：“刚才大肚病人的药是谁开的?”师弟指着华佗说：“是师兄，我说这药有毒，他非不听。”华佗在一旁不慌不忙地答道：“师傅！这病人得的是膨胀病，腹中有毒，砒霜也有毒，以毒攻毒，病人吃下肚有益无害。”

“这是谁告诉你的?”“琼林寺老道人。我在那里学了几年。”老医生这才明白，他就是华佗，惊讶地叫道：“华佗啊！你怎么到我这里来学医呀?”“师傅，你认错人了吧!”“不会，我的秘方没别人知道。”华佗这时只好把来求学的理由说了出来。

老医生听华佗说完后，一把抓住他的手说：“哎呀，你已经声名远扬了，还到我这穷乡僻壤来吃苦头，真对不起你啊!”

华佗说：“师傅，人的才能有高有低，但是都各有所长，我不会的东西，就该向你学习。”

以此作结，既点明主旨，又升华主题。

成长启示

伟大的人物都有着谦逊的胸怀，而且他们还能深刻地认识到自己的不足，并且能够谦虚地补己之不足。华佗就是这样的人，也正因此他积累了丰厚的医学知识和技能，成为传世神医。这让不时有骄傲自满之心的我们心生惭愧。

要点思考

1. 华佗为什么要隐藏身份向老医生求学？
2. 这个故事对你在学习方面有什么启发意义？谈谈你的认识。

阿巧养蚕

导读

因被后娘虐待，阿巧姑娘在天寒地冻的时节出门去割青草，却因祸得福，巧遇神仙，并学到了"养蚕"本领，福泽人间……

很久以前，有个叫阿巧的姑娘。在她九岁的时候母亲就永远离开了她。后来父亲又给她娶了一个后娘，可是这个后娘心肠非常坏，一直将阿巧视为眼中钉（比喻心目中最痛恨、最厌恶的人）。

有一年冬天，北风呼啸、滴水成冰，可是残忍的后娘竟然让阿巧去割青草喂羊。天寒地冻的季节，到处都是光秃秃的，这让阿巧去哪里找青草啊？

无奈的阿巧只好挎着篮子出了门，寒风中阿巧从清晨找到晚上都没有发现一丝青草的影子。想到回家后，又会遭到后娘的一顿毒打，阿巧急得哭了起来。这时她突然听到一只鸟对她说："割青草，半山腰！"

阿巧听到后，擦了擦眼泪，赶忙爬到了半山腰，在这半山腰上果真发现了很多青草。阿巧一边走一边割，不知不觉走到了一个有很多整齐房子的地方。这里的墙是用白粉刷的，房子上铺着黑瓦，一大群白衣女子在采摘嫩绿的树叶。阿巧对这突如其来

（突然发生）的情景感到非常新奇，她不想离开这么好的地方，就和白衣女子们一起住了下来。

白天阿巧跟着白衣女子们采树叶，晚上就用树叶去喂一种白色的虫子。白衣女子们告诉阿巧，这种树的叶子叫“桑叶”，白虫子叫“蚕”。雪白的虫子长大后，能够吐出晶亮的细丝，结成“小核桃”把自己缠在里边。“小核桃”可以抽出丝线，用树籽染上颜色后，就可以让天上的织女织成云锦，给天帝绣龙衣了。

两个月过去了，阿巧想回家去看看。天刚亮，阿巧就急匆匆地下山了。临走的时候，她带了几条小虫子和一捧桑果。她一边走，一边扔桑果，希望能顺着桑果找到回来的路。

阿巧回家后，爹爹已经很大年纪了，坏心肠的后娘也已经死了，阿巧这才明白她去的地方是仙境，去一日相当于人间一年。第二天，当阿巧想顺着来时的路回到半山腰的时候，却发现找不到路了，而她扔下的桑果已经长成了大树。从此以后，阿巧就采来鲜嫩的桑叶，喂养珍贵的蚕。后来，蚕就在人间繁殖下来了，它们吐出的蚕丝是珍贵的纺织原料。

成长启示

母爱是伟大的，有妈妈的孩子是幸福的，故事中阿巧的遭遇让我们同情，她最后仙境的奇遇其实是人们一种美好的愿望。看完这个故事后，愿生活在幸福中的我们从今以后好好珍惜母爱，珍惜幸福的生活，努力做个好孩子。

要点思考

1. 请你用自己的语言讲述“养蚕”的由来。
2. 你知道“养蚕”的方法吗？查阅资料，去学习一下吧！

寻找石画眉

导读　　瑶族是一个古老的民族，是中国南方一个比较典型的山地民族。歌谣在其文化艺术中占有十分重要的地位，它源远流长，形式多样，内容丰富。下面要讲述的故事中，三位瑶族姑娘“寻找石画眉”的经历，其实也是热爱歌谣的她们生命中一段惊险神奇的寻梦之旅！

从前，瑶族南山寨有三个姑娘，名字分别叫吉瑶、莫娜、兰妮，她们是山寨里唱歌最好听的。

南山寨的姑娘们每年都会和北山寨的姑娘们赛歌，并且会有一只肥肥的公羊拴在一棵桂树下。谁赢了，谁就可以牵了公羊回山寨去。

这一年又到了赛歌的时间，两寨的姑娘穿起节日的盛装，佩戴着闪闪发光的银饰品。她们站在满是映山红的山梁上开始了比赛。

各寨的人们都聚集到这里来，东一堆，西一群，坐在草地上静静地听着，时不时地还为自己寨的姑娘们加油助威。

由于两寨的实力都非常强，姑娘们一直赛了七天七夜才有了结果：南山寨的姑娘们输了。大家眼睁睁地看着桂树下的肥羊被北山寨的姑娘们牵走，看着北山寨的人们打鼓敲锣来欢迎胜利的姑娘们。

南山寨的姑娘们觉得辜负了大家的期望，她们用头巾捂着脸，跑进一座竹林里躲了起来，因惭愧而不敢见南山寨的亲人。她们坐在竹林里，谈着今天是怎么赛输的，越谈越伤心，三个人最后抱头痛哭起来。

哭得久了，她们的眼泪汇成了一条溪水，向竹林外流去。一条金色的鲤鱼沿着眼泪流成的溪水游了上来。它看见三个姑娘哭得那么伤心，就把头伸出溪面，问道："美丽的姑娘们，你们哭什么呀？"

三个姑娘听见说话，抬起头来，却不见人影。金色的鲤鱼在泪溪里用力摆着尾巴，把溪水溅起，溅到了姑娘们的衣服上。这时，大家才发现原来是金色的鲤鱼在问她们为什么哭，于是大家就把赛歌输了的事告诉了它。

金色的鲤鱼听完后说："离这里九百九十九里路的南方，有一座高山叫作画眉山，画眉山上有一只像水牛那么大的石画眉。它站在岩石上，口里喷出一股清泉，叫作画眉泉。如果有人仰起头用嘴巴喝了画眉泉的泉水，那么他的歌声，就会像画眉鸟那样婉转动听，像泉水那么清脆悦耳。不过你们可要小心，因为当有人要喝画眉泉的泉水时，这只石画眉就会飞下来啄人，你们一定要想办法先制服它才行。"金色的鲤鱼说完，摆一摆长长的尾巴，随着溪水游走了。

吉瑶抹干眼泪，站起来说："姐妹们，我们去喝画眉泉的泉水吧！这样一来，我们就能在下一次的赛歌大会上赢得胜利了。"

兰妮想到路途太远，又想到水牛一样大的石画眉会啄人，她摇摇头说："路太远而且又有危险，我不想去了！"莫娜是个爽利的姑娘，她跳起来对着兰妮说："刚才赛歌输了，你为什么哭呀？为了唱好我们的歌，为了在下一次赛歌时取得胜利，为了争回我们的声誉，我们不应该怕吃苦！走，我们一起走吧！"

莫娜和吉瑶各拉着兰妮的一只手，往画眉山走去。一路上荆棘划破了她们的衣服，石尖戳破了她们的脚趾。三个姑娘一直走了七天七夜，兰妮再也受不了这样的苦，她躺在路旁不肯动了。吉瑶和莫娜用力拉她，可她抱住一条树根再也不愿往前走。吉瑶和莫娜没有办法，只好把兰妮扶进一个石洞里，让她在这儿等她们回来。

吉瑶和莫娜继续向前走去，又走了七天七夜，终于到达了画眉山。她们来到了山顶，山顶上风光旖旎（yǐnǐ，柔和美好），但是两个姑娘根本没有时间欣赏。两个人直盯着前面水牛那么大的石画眉，它站在高高的石崖上，张开尖尖的石嘴，喷出一股银色的泉水，泉水像无数闪光发亮的珍珠洒了下来，相互碰撞，发出美妙的声音。

急性子的莫娜一看，高兴得不得了，一下子跳到画眉泉下的石板上，昂起头，张开嘴去喝泉水。吉瑶刚要出声阻止她，但已经来不及了。只听扑的一声，石画眉竟然活了，它展开翅膀飞了下来，一口啄破了莫娜的头，然后又飞回岩石上站住，变回了原来的模样。

莫娜的头被石画眉啄了一个洞，鲜血直流。吉瑶忙跑过去，把莫娜抱起来，放到一棵树下。莫娜微微张开眼睛，颤动着嘴唇，用手指指自己的头发，又指指石画眉，然后闭上了眼睛。吉瑶摘下山崖边上红艳艳的山茶花，堆在了莫娜身上。

吉瑶站在莫娜身边，心头像被千万根绣花针刺着。她流着眼泪，心想：我一定要喝到泉水，完成莫娜的心愿。吉瑶想着金色的鲤鱼的话，知道不能像莫娜那样莽撞，自己必须想出一个办法来困住石画眉。她回转身来，抬头望望石画眉，看见石画眉的脚边有一株大树，心想：只要把石画眉的脚绑在大树根上就行了。可这里没有绳索呀！

就在这时，吉瑶想到了自己的长头发。吉瑶把自己的盘髻（将头发归拢在一起，于头顶、头侧或脑后盘绕成各种形状，是一种长发发式。髻，jì）解开，一缕一缕地扯下来，虽然痛得厉害，但她咬紧牙关忍住痛，一面扯一面搓绳。很快，一条结实的发绳就搓好了，可吉瑶的头发却所剩无几了。

吉瑶拿起发绳，绕过石岩后面，从草丛里悄悄爬到石画眉的脚边，轻手轻脚把石画眉的脚紧紧地拴在了大树根上。紧接着吉瑶从石岩上滑下来，仰起嘴巴承接石画眉喷出来的泉水。石画眉的翅膀抖了几下，但是因为脚被拴住了，怎么也飞不下来。吉瑶喝了几口泉水，赶快试一试嗓子，刚张口唱了一句——啊！连自己都惊呆了！那声音是多么清脆悦耳啊，而且她还可以随口唱出任何歌。

吉瑶回过身来，站在莫娜身边，唱起哀悼的歌。忽然，莫娜身上的山茶花围着她转了起来。莫娜变成了一只黄莺飞落在吉瑶的左肩膀上。黄莺用尖尖的嘴替吉瑶梳理头发，一会儿，乌黑的头发又长出来了。吉瑶歪过脸来，眼睛闪着泪花，她摸摸黄莺的头，说："莫娜妹妹，多谢你了，我带你回家去吧！"

于是吉瑶照着原路下了画眉山，来到了兰妮躺着的石岩洞，可是兰妮已经停止了呼吸。

吉瑶站在兰妮身旁，又唱起哀悼的歌来。歌声刚停，兰妮翻了一个身，就不见了，却有一只乌鸦落在吉瑶的右肩上，"呱呱呱”地叫着。吉瑶伸手摸着乌鸦的头，眼睛含着泪花说：“兰妮妹妹，我们三人一起回去吧！”

吉瑶靠着自己的勇敢和智慧，成了一个最会唱歌的姑娘。在没有月亮的晚上，她唱起歌来，能够把圆圆的月亮唱出来。冬天，她唱起歌来，能够使一朵朵鲜红的玫瑰花开放在枝头。

成长启示

勇敢和坚强是走向成功的桥梁，聪明和智慧是开启成功之门的钥匙。故事中的吉瑶无疑在这方面为我们树立了榜样。

要点思考

1. 三位瑶族姑娘为什么要寻找石画眉？

2. 从文中的主人公身上，你学到了哪些可贵的品质？

何首乌

导读

何首乌与灵芝、人参、冬虫夏草并称草药中的四大仙草。何首乌是目前唯一被证明具有抗衰老作用的传统药。它的价值是如何被人类发现的？请看下面的故事。

从前，嵩（sōng）山玉女峰下住着一户姓何的人家，家中只有母子两人相依为命，孩子名叫守虎，从小就特别懂事，还酷爱读书。

守虎十九岁的时候，经过岁考，当了秀才。乡亲们非常高兴，就鼓励他说："守虎！好好努力，争取再中个举人。"守虎本来就想考取功名，再加上乡亲们的鼓励，他学习更加努力勤奋。由于守虎家里很贫困，所以乡亲们经常资助他们母子俩，这个送吃的，那个送穿的，还有些年轻人帮着他们家种田，大家就盼着守虎有一天能够学有所成。

守虎带着大家的期盼开始了艰苦的学习生活，整整三百日，他没有踏出门半步。过了年，守虎到府城去参加乡试，发榜那天，守虎果然不负众望（不辜负大家的期望），得了头名解元（明清两代称乡试考取第一名的人。解，jiè）。

当时的知府大人，正想为闺女选个女婿。乡试发榜后，他就托媒人向守虎家提亲，守虎家和乡亲们甭提有多高兴了，这可真是双喜临门啊！

没过几日，知府就置办了酒席，让守虎和他女儿成亲。

知府第一眼看到何守虎时，兴致马上扫去一半，很是失望。原来，守虎由于常年苦读，脸色非常憔悴（qiáocuì，形容人瘦弱，面色不好看），身子也骨瘦如柴，看上去像个四十多岁的人。这样相貌的人做知府的女婿，知府觉得非常没有面子。但事已至此，也只得将就了，至少守虎是个新举人啊。

酒席上，内外来宾，州县官员，都来给新郎解元敬酒。何守虎自小家穷，哪经过这种场面？几杯酒下肚，已经大汗淋漓。他习惯性地把帽子一摘，竟然露出一头白发。客人们一看都议论纷纷："啊……这知府的新女婿怎么是个老头儿啊？"知府见了，以为守虎骗了他，勃然大怒，当众说："这个老头儿隐瞒年龄，欺上瞒下，把他给我赶出府去！"说着，何守虎就被人赶出了门外。

何守虎平时一心读书，有时候脸都顾不上洗，哪有闲空照镜子？现在，他借个铜镜一看，自己也吓了一跳，满头白发如霜，脸上皮包骨头，只显两只大眼了，可不就是个老头儿嘛。他心里充满了无限的悲凉。

第二天，守虎不再想着娶亲的事了，他拿起锄头，上嵩山开地去了。他来到青童峰背面，举起锄头，一鼓作气，开垦出了不少山地。

到了中午，他觉得又饥又渴。正在这时，他见草丛中长着一棵很奇怪的植物，它长着绿色的藤蔓，叶的形状像人心，茎上开满了绿白色的小花。他举起锄头，用力朝根部刨了几下，细长的根端结着一块很像人的形状的东西。他摘下来，拿到水边洗去泥土，剥去棕黑色外皮一看，里边是淡红棕色，还呈现出云彩状花纹，咬一口，甜丝丝的。何守虎正饥渴着呢，就大口地吃了起来，吃完后，觉得浑身舒坦。

从这以后，劳动时他只要感到饥渴，就刨下一两块这种黑东西吃。吃的时间长了，他觉着胳膊腿都粗了，脸色也红润了不少，浑身还特别有劲。就这样，有时吃生的，有时放锅里煮熟吃，差不多连着吃了一百多天。

后来，守虎的母亲说："儿啊，我怎么觉得你像变了个人似的呢？"守虎听母亲这么一说，赶紧拿镜子一瞧，镜子里的他，满头黑发，相貌堂堂。乡亲们也觉得守虎像变了个人，以为他有天神相助。于是大家就又鼓励他说："守虎，你已中了举人，再进京考考，说不定还能中个状元呢！"

何守虎听了大家的话，就又温习起书来。第二年开春，他进京去赶考，到朝廷太和殿进行殿试，居然得了个第三名。去年选女婿的那个知府，这时候升迁到朝廷，当了御史。御史见新选探花发黑如漆，眉清目秀，心里很欣赏。可仔细一端详，觉得探花很像去年那个被他赶出门的女婿解元何守虎。御史不禁连声追问，守虎也不计前嫌，就把开荒吃黑色植物的事，前前后后讲述了一遍。御史听了后，对去年自己的行为感到万分惭愧，正巧他的女儿还没有出嫁，于是继续让何守虎来做女婿。

从此，凡青年中有得白发病的，都到嵩山上刨那种植物吃。这种植物原先没有名字，因为是何守虎发现的，于是，大家称这种植物为"何守虎"。后来，何守虎成了朝廷的谏议大夫（一个古代的官职，主要职责是对君主的过失直言规劝并使其改正。谏，jiàn），为了避讳，人们就把这种植物改称为“何首乌”。

成长启示

只要有真才实学，有持之以恒的上进心和实际行动，终会有所成就的，而外表的美丑是不会对其有决定性影响的。故事中的那个知府不察人的才能，只关注其外在，最终弄了个尴尬的局面。他的那种思想和行为是我们所鄙弃的。

要点思考

1. 请用自己的语言讲述“何首乌”名字的由来。

2. 你觉得“不要以貌取人”和“要注意自己的仪容仪表”这两种说法冲突吗？为什么？

飞来峰

导读

在杭州的灵隐寺边上，有一座山叫飞来峰。此峰风景奇特，无石不奇，无树不古，无洞不幽。苏东坡曾有“溪山处处皆可庐，最爱灵隐飞来峰”的诗句。相传，这座山竟是从四川峨眉山上飞到这里来的……

相传在四川峨眉山上，有一座会飞的小山峰。它经常飞来飞去，飞到哪里，就会在哪里压塌许多房子，压死很多人。

西湖的灵隐寺里，住着一个疯疯癫癫的和尚，名叫道济，人们称之为济公。因为他生性狂放，不守佛门的清规戒律，所以人们又叫他“疯和尚”。

这一天，疯和尚算到中午的时候，那座隔一段时间就飞来飞去的山峰将飞落到灵隐寺前的村庄上来。他担心山峰落下来会压死很多人，于是五更的时候就赶紧起床，奔进村庄，挨家挨户地通知人们：“今天中午，有座山峰要飞到这村庄里来了，大家赶紧搬家呀，晚了就来不及了！”

村里人都知道疯和尚平时就喜欢说疯话，以为这次也是寻大家开心，全都不理会他。再说村民也不相信会有山峰飞来落在村庄里，因此谁也没有理会他的话，只有一群小孩儿嘻嘻哈哈地跟在他后面看热闹。

疯和尚跟这家说完再去跟那家说，全村百十户人家都通知到了。他把嘴巴都说干了，也没有人信他的话，更没有一家是准备搬家的。

眼看太阳越升越高，中午很快就要到了，疯和尚急得团团转。这时，他忽然听到“滴滴答，滴滴答”吹唢呐的声音，赶紧顺着声音奔过去。一看，原来是有一家人正在娶媳妇，人进人出，非常热闹。疯和尚搔（sāo，用指甲挠）搔头皮想了想，就不管三七二十一，推开众人，钻到堂前，把新娘子往自己肩上一扛，蹿出大门往村外飞跑。

新娘子连头上的红盖头还没有揭掉，就被人扛着飞跑，一时间也不知发生了什么事，一下子就吓得哇哇大哭起来。疯和尚抢新娘子，真是不得了！人们抢扁担的抢扁担，抓棍子的抓棍子，挥锄头的挥锄头，举钉耙（用铁钉做齿的耙子，是碎土、平地等的农具。耙，pá）的举钉耙，没命地追赶上来。一面追，一面喊：

“疯和尚抢新娘子了！赶紧抓住他！”

“前面的人赶紧拦住他呀，别放他跑了！”

这下全村人都出动了。男的、女的，老的、少的，也不管是不是新娘子这家的亲戚朋友，总之全村人都追了出来。只有住在村东头的一家财主没有动，反倒站在门前看热闹，说风凉话：

“和尚抢新媳妇，真是件稀奇事，哈哈！”

疯和尚虽然身上扛着新娘子，依然健步如飞，只见他越跑越快，人们也只好越追越快，追着追着就跑出了村庄。直到追出十几里路，大家还未追上他。

等到中午的时候，疯和尚突然停下不跑了。他把新娘子从背上放下来，自己往地上一坐，摇着自己那把破扇子扇起风来。人们赶到他跟前，一把揪住他，刚要打下去，没想到霎时天昏地暗，伸手不见五指，大风刮得呼呼地响。人们赶紧抬起头来，隐隐看见一座山峰从天上远远飞来，已经飞到这个村庄的顶上。疯和尚回头一看，有一些跑得慢的老幼妇孺，还没有跑出村庄。在这千钧一发（千斤的重量系在一根头发上，形容事态极其危险）之际，疯和尚使出全身力气，用手拼命一挡，将这座飞来的山峰推出几十米远，救出了这些老幼妇孺。这时只听见一声轰隆隆的巨响，整座山峰就落了下来，压住了这个村庄。人们都被震倒在地，等大家爬起来后，已经云散风停，太阳正好照在头顶上了，却见一座山峰稳稳地落在他们的村庄里。人们这才明白过来：原来，疯和尚抢新娘子，是为了救村里人的性命。

村庄被山峰压住了，大家都无家可归。有的人急得捶胸顿足（用拳头打胸部，用脚跺地，形容非常焦急、懊丧或极度悲痛的样子），大哭起来。疯和尚说："不要哭了！你们不知道，村里的财主已被压死在山峰下面了，以后就没有人再收你们的租子了，今后你们各人种各人的田地，还怕盖不起房子吗？"

听到疯和尚的话，人们都高兴起来，正兴高采烈地要离开时，疯和尚又开口道："先别走，大家听我说，这座山既然能从别的地方飞来，也就会从这儿飞走，如果飞到别的村庄，又会害死许多人命。我们在山上凿上五百尊石罗汉，就能把这座山峰给镇住，它就再也不能飞往别处了，你们说怎么样？"

大家都同意他的话。于是，马上就动起手来，锤的锤，凿的凿，叮叮当当忙了起来。一夜之间，五百尊石罗汉全都凿好了，山上山下，一眼望去，布满了大大小小的石龛（供奉神佛的小石阁。龛，kān）佛像。但人们只凿了罗汉的身躯，却来不及凿出眉毛眼睛。疯和尚说："不要着急，我有办法，看我的！"他不用锤子和凿子，只用他长长的手指甲在石罗汉脸上划来划去。只用了半天时间，就给五百尊石罗汉统统安上了眉眼。

从此以后，这座小山峰就永远留在了灵隐寺前面，再也不能飞来飞去了！因为它是从别处飞来的，所以人们就给它取了个名字叫"飞来峰"。

成长启示

疯和尚济公，不仅有济世救人的慈悲之心，也是个心胸宽广、有勇有谋的人。这个故事也教会了我们，遇事要善于动脑，因势利导，这样才能更快更好地解决难题，达成目的。

要点思考

1. 请用自己的语言讲述"飞来峰"名字的由来。
2. 你喜欢故事中的"疯和尚"吗？为什么？

刘邦选县令

导读

汉高祖刘邦平定淮南王英布叛乱后，在返回长安途中，路经老家沛县。在那里，刘邦重见故乡父老兄弟，把酒言欢，并留下了一段“刘邦选县令”的佳话，一直流传到今天。这是个怎样的故事呢？下面我们就一起来看看吧！

汉高祖刘邦，曾在老家沛（pèi）县做过泗水亭长（秦汉时在乡村每十里设一亭，置亭长，掌治安，捕盗贼，理民事，兼管停留旅客，多以服兵役期满的人充任。）。他称帝后平定淮南王英布的叛乱，在返回长安途中，路经沛县。这是他南北征战十余年，第一次回到故乡。重见故乡的父老兄弟，他内心无限感慨。

刘邦在行宫大开宴席，款待父老乡亲，把酒行令，一片欢声笑语。就在这个时候，门外忽然传来一阵吵嚷，刘邦大感惊讶，连忙放下酒杯问道：“何人在门外喧哗？”话音一落，县令在一边迅速站了起来，他伸头往外侧耳一听，放下心来，转身跪在地上，向刘邦磕头谢罪：“请陛下恕罪。今早卑职来拜见陛下，正遇一乡民拦路喊冤，说要状告本城店主霸鹅。卑职因奉皇诏，不敢耽搁……未料他们竟胆敢前来告御状，惊扰陛下，卑职罪该万死，罪该万死！”刘邦听后一言不发，暗暗沉思，他早就听说这个县令昏庸无能，仰仗着做郡守的岳父才被重用。刘邦心想：今天我就要亲眼看看你这位县令的本领！于是，他不慌不忙地吩咐道：“民事为大，民有冤屈，为官岂能坐视不理，你不妨即速审理！”没等县令回答，刘邦就已离开桌案，向大家拱手招呼道：“此处为堂，我等理当回避！”

县令一听，顿时惶恐（惊慌害怕。惶，huáng），身上冒出了一身冷汗，心中连连叫苦。要知道，一个小小的县令，给他天大的胆子也不敢在皇帝面前审案啊！何况他还是一个无能之辈！但皇帝已经发话，县令不敢推托，只好硬着头皮击鼓升堂。那乡民被差役带到堂前跪下，大声哭诉：“启禀老爷，小民养了二十只鹅，本指望卖了鹅去购买农具开垦荒地，养家糊口。没想到昨晚投店住宿，却被店主霸鹅，反诬小民无赖……求老爷为小民做主啊！”

县令装模作样地听完这番话，指着店主大喝一声：“大胆店家，竟敢霸人财产，你可认罪！”谁知那店主并不害怕，听到喝声就扑通跪下，不慌不忙地分辩道：

“青天大老爷，小民冤枉！小店家听闻陛下将要返乡，早早备下这二十只鹅，孝敬老爷以备陛下受用。谁知这无知乡野毛贼，来到我店，见鹅起意，生了这谋鹅的歹毒之心，如今竟仗着陛下爱民如子，就胆大包天地来告御状……求青天老爷明鉴！”县令听完，觉得店家说的也有道理，一下子竟不知如何裁判……

很快，他就想出了一个主意：

这些乡野村夫，判重判轻也不敢怎样，再说，本县若连一个村民也治不了，在皇帝面前，不是显得太没本事了吗？想到这里，他连忙吩咐差役："大胆民贼，骚扰本县——给我拿下，重责四十，收入监牢，听候发落！"

那乡民闻听此言，连声高喊冤枉，却被差役强行架出。

刘邦早就在一旁将整个审案过程看得一清二楚，他忧心忡忡（形容忧愁不安的样子。忡，chōng）地寻思：天下所有的县衙要都是这样的"青天"，那得造成多少冤案啊，这汉室江山，很快就会断送在这批人手里……刘邦忍着怒气走进大堂，冷冷地问："青天大人，此案可厘清断明了？"

一听刘邦的口气，县令便知道不妙，吓得浑身发抖。紧接着，刘邦又问："此案审理得如何了？"县令猜不透刘邦的深意，吓得面如土色，不敢出一言，只是跪在地上，连连叩头。

刘邦抬头环视一周，笑道："诸位父老兄弟，县令无所应答，想必案子没有结果！既然如此，审案当需贤才，诸位谁能断明此案？"大家心里一下子明白过来，原来皇帝想招纳贤才呀！可是，在这种情况下，谁敢站出来冒这个大险呀，众人只是你瞅瞅我，我看看你，谁也不吭一声。

就在这时，角落里一个身体瘦弱、双目有神的人高呼一声，双膝跪在案下道：

"陛下，请恕小民无罪，我愿意一试！"

刘邦闻言大喜，即刻离座向前，将此人亲手搀起。大家一见此人，不由一惊："这不是书生李良吗？"只见那李良直起身，对刘邦说："禀陛下，要将两家唤回，当面说清；并速将白鹅送上，小民要审鹅，以鹅供为证！"

"审鹅？"众人深感惊异，议论纷纷起来。

"对，就是审鹅！二十只全要审——请备二十支笔，二十块帛，要鹅一一招供！"

听李良如此一说，连刘邦也暗自吃惊，不禁疑虑重重：此人莫非是疯癫之人，天下哪有审鹅一说，鹅岂能写字招供？李良依然不慌不忙，转身对刘邦躬身一礼，说道："请陛下明日审察！"

第二天，李良果然升堂审鹅。刘邦上坐，店主和乡民跪在堂下，沛县众位父老兄弟列坐两旁，门外还有不少看稀奇的人。李良不慌不忙，不动声色（内心活动不从语气和神态上表现出来，形容态度镇静），直到看着大家等得有点儿不耐烦了，才大声吩咐："速将二十只鹅的招供呈来！"

话音一落，二十个差役一人捧着一块帛，从后堂急急走上来。这时，大家的双眼都瞪得溜圆，目光刷的一下落在帛上，仔仔细细地看了个遍。可是，帛上除了鹅屎外，别的什么也没有，更没有什么"证供"！许多人的表情都由失望变得紧张起来，他们在为李良担心。

这时，李良走过去，站在帛前仔细地看了一会儿。很快，他皱起了眉头，一声猛喝："店家！如今已经真相大白，你开黑店，霸占民鹅，二十只鹅已供出实情，铁证如山，你还有何话说！"店家原本心虚，这下子竟被吓得两腿筛糠（shāikāng，比喻因惊吓或受冻而身体发抖），瘫倒在地，最后只得点头认罪。李良吩咐差役，把店家拿下，又转身对惊呆了的乡民说："老乡，现在物归原主，把你的二十只鹅赶回去吧，卖掉换回农具，多开荒地，好生过日子……"

李良见众人还愣在那里，不明究竟，就指着帛微笑着说："城里人养鹅，喂的是粮食，所以鹅的粪便是黄色的；乡下人养鹅，喂的是青草，你们看，这帛上，不都是青青绿绿的吗？"

众人这才明白过来，连连称是。这时，只见刘邦伸手拉住李良，连声赞道："好，好！你才是沛县的青天！"于是，即刻任命李良为沛县县令。

李良治理沛县多年，百姓安居乐业。刘邦选县令的佳话，一直流传到今天。

成长启示

李良通过大胆想象，合理推理，借助“审鹅”巧妙破案。这种积极动脑、看问题能追本溯源、善于发现事物之间的因果联系的思维习惯值得我们学习。

要点思考

1. 刘邦既然看出了县令的无能，为什么不亲自审理此案？
2. 李良为什么要第二天才开始“审鹅”？

木兰从军

导读

花木兰是我国古代著名的巾帼英雄，忠孝节义，因“替父从军”而闻名天下。让我们来一睹她的风采吧。

中国古代南北朝时期，北方有个武艺高超的姑娘名叫花木兰，她尤其射得一手好箭，令人称赞。

一天，她正在放牧，忽然看见几个少年骑马扬鞭，弯弓搭箭，飞奔着要去打猎。她便和他们比赛，结果她的猎物最多。回到家里，母亲责备她不该四处游荡，忘了放牧；父亲怒骂她不守闺训（旧时指妇女应遵守的行为准则），但见她打了不少飞禽走兽，心中暗暗觉得这个女儿不简单。

木兰正夸口说自己射箭能百步穿杨（形容箭法或枪法非常高明）、百发百中时，乡里的里长走进院来。调皮的木兰抽箭搭弦，冷不防嗖的一声，就把里长头上的帽子射了下来。里长大吃一惊，木兰的父亲连忙赔罪道歉，并罚木兰织布三天，不许她走出房门半步。

原来里长是来送文书的，说是大汗要和邻国开战，急需将士，所以要征召木兰的父亲从军。

晚上，木兰的父亲和妻子商量：自己年老多病，家里小儿才几岁，女儿又派不上用场，这可如何是好？夫妻俩愁得直叹气，隔壁的木兰听见了，也停下织布机叹息不已。

木兰一夜未合眼，终于想出了一个好主意。第二天一大早，她偷偷溜出家门，上街买了一匹枣红马，又配上马鞍、马鞭和马笼头，还找人赶做了一件战袍。然后，木兰像男儿一样扎上头发，穿上战袍，跨上枣红马，一下子变成了即将征战沙场的小伙子。

一切收拾停当（齐备；妥当），木兰骑马一阵风似的赶回家，父母几乎认不出她来了。她道明自己的想法，父母见木已成舟，再说也没有什么更好的办法，只得让她替父从军，一家人洒泪而别。

木兰随着队伍，到了北方边境。她担心自己女扮男装的秘密被人发现，因此处处加倍小心。白天行军，木兰紧紧地跟上队伍，从不敢掉队。夜晚宿营，她从来不敢脱衣服。作战的时候，她凭着一身好武艺，总是冲杀在前。从军十二年，木兰屡建奇功，同伴们对她也是十分敬佩，赞扬她是个勇敢的“好男儿”。

战争过去了，大军胜利归来，大汗亲自召见木兰，赏了她许多金银财宝，又封她做高官。木兰替父从军，为的是百姓和国家。她不要金银财宝，也不愿意做什么兵部尚书，她只要了一匹快马，大汗欣然答应，并派使者护送木兰回乡。

此时家乡的父母已经白发苍苍。他们听到女儿归来的喜讯，相互搀扶，来到路口迎接他们的英雄女儿。弟弟也已长大成人，正在家里准备杀猪宰羊，犒劳凯旋（战胜归来）的姐姐。

木兰是和几位战友一起回来的。到家后，木兰让家人先招待自己的战友，自己却跑到了房里。回到房里，她发现自己的闺房还和以前一样。她赶紧脱下战袍，换上以前的青布衣衫，梳好头发，又对着镜子贴上美丽的面饰，这才出来向护送她回家的战友们道谢。

战友们看到屋里走出来的竟然是个漂亮姑娘，不觉大吃一惊，他们怎么也想不到，与自己一起作战多年的人竟然是一个巾帼英雄（女英雄。巾和帼是古代妇女戴的头巾和发饰，后借指妇女。帼，guó）。

成长启示

本文讲述了花木兰女扮男装，替父从军，在战场上建立功勋，回朝后不愿做官，但求回家团聚的故事。木兰的身上充满了传奇色彩，而她身上所表现出来的勤劳善良的品质、保家卫国的热情和英勇战斗的精神值得我们每一个人去学习。

要点思考

1. 从军十二年，花木兰的女性身份为什么没有被识破？

2. 学习北朝民歌《木兰诗》，感受花木兰不朽的人格魅力和《木兰诗》的艺术价值。

田螺姑娘

导读

谢端是个孤儿，一个人过着清贫的生活。直到有一天，他从田沟里捡回一个晶莹漂亮的大田螺，他的生活悄悄发生了改变：不知是谁，总会在他干完农活儿回家之前，为他准备好热腾腾的饭菜。好奇的他几经蹲守，终于发现原来这枚田螺并不一般，里面住着一位神秘的姑娘……

相传古时候，有个名叫谢端的孤儿。在他很小的时候，他的父母就去世了。邻居大娘看他年纪这么小就失去双亲，实在可怜，就收养了他。就这样，谢端跟着邻居大娘一起生活到了十六岁。谢端觉得自己长大了，不该再给大娘添麻烦了，应该自立门户，而且大娘的儿子也到了要娶媳妇的年纪，所以谢端就辞别大娘，搬回了父母留给他的旧房子中居住。

回到家之后，谢端一个人耕种两亩水田，每天早出晚归，分外用心。生活虽然不算富足，但是清贫中自有乐趣。这谢端是个勤恳老实的人，他对周围的邻人非常热心，但凡有人向他求助，他都会乐呵呵地帮忙，从来不叫苦叫累，大家都十分喜欢这个善良的小伙子。

虽然谢端勤恳能干，但是到了该成亲的年纪，却没有人肯嫁给他，因为他家实在是太穷了，姑娘们都不愿意跟着他过苦日子。但谢端却不在意，他仍旧辛勤耕种，乐于助人。

有一回，谢端照旧在田里劳作，在田沟里发现了一只大田螺。他从来没见过如此大的田螺，很是惊讶，那田螺看上去不是普通的田螺，它的外壳非常漂亮，晶莹清亮，散发着宝石的光泽。谢端从来没见过这么美丽的田螺，他把田螺抱在手中，怎么也看不够，他抚摸着田螺，把它带回了家。谢端还把家中的水瓮（wèng）装得满满的，把这枚大田螺养在水瓮中。

不知为什么，谢端觉得，自从有了这枚大田螺，他感到自己没有那么形单影只了。他每日都会为田螺换干净的清水，再静静地跟田螺待上一会儿，他会抚摸那田螺，跟它说说话。每次出门耕地，他会跟田螺说：“我要出门耕地了！”等到日落西山，他回家之后，还要跟田螺说：“我回来了。”

就这样，时间不知不觉过了十多天。一日傍晚，谢端耕作完回家，他推开门，却发现屋子里似乎有人来过的痕迹，再一看，桌子上摆满了美味的饭菜。有鱼有汤，还有热气腾腾的米饭，这些饭菜刚刚做好，整整齐齐地摆在桌子上，就像特意为他做的一样。

谢端一时不知所措，自己并没有什么亲戚，家里最近也没有留宿什么人，究竟是谁帮他煮的饭菜呢？他赶紧去炉灶那里看了看，炉灶里的灰烬还带着热气，难道是哪位好心的邻居帮他做的饭菜？谢端想到这里，不禁心头一热。既然是邻居的情谊，那就安心接受吧，谢端高高兴兴地把这些饭菜都吃完了。

没想到第二天也是这样，一连七八天，他每天回到家，都有热气腾腾的美味饭菜等着他。谢端的心里感到十分过意不去，他准备吃完饭去附近打听一下，看看是哪位好心的邻居每日帮他做饭，他要去好好答谢一番。

吃完饭以后，谢端就先到邻居大娘家里询问，大娘说自己最近在忙着家里的事，没有去过谢端的家。谢端又去挨家挨户地询问，但是他问了一圈，没人承认是自己做的，谢端感到迷惑极了："会是谁这么好心地帮助我呢？"谢端的心里没有头绪，他心里暗想自己一定要弄清楚这件事的来龙去脉。

第二天，他照常挑了水，给田螺换了清水，背上锄头，推开门对水瓮里的田螺说："田螺，我要出门耕地了。"这天，他格外勤劳，比平常早一个时辰就到了家。他没有直接进家门，而是偷偷藏在窗户下面，朝屋内看去。他想看看，到底是哪位好心人来家里为他做饭，他一定要好好感谢这人。

不久，他听到水瓮里有响动，再定睛一看，有位年轻的姑娘从水瓮中的大田螺里走了出来，她身穿青色布裙，头上插着荆钗，外貌清秀，朴素干净。她从田螺壳里出来后，先是打扫干净了屋子，又开始擦拭灶台，她从水瓮里变出一条肥美的鲤鱼，又走到屋子后面的菜园里摘了一把青菜，她从空的缸里变出了几把米，然后去到炉灶前，开始点燃柴火，炒菜做饭。

谢端看到这一切，不由得瞪大了双眼，他有点儿不敢相信眼前的一切。他趁田螺姑娘忙着炒菜做饭的时候，蹑手蹑脚进入了屋子里，他怕田螺姑娘做好了饭回到田螺壳里不出来，所以就把水瓮中的田螺壳拿了出来，偷偷藏了起来。

田螺姑娘做好饭之后，回到了水瓮旁边，她向水瓮里看去，发现自己的田螺壳不见了。田螺姑娘一下子慌张起来，她四处寻找，急得手足无措。

就在这时，门背后的谢端走了出来，他拉住田螺姑娘的衣衫，大声说："原来是你，这些天都是你帮我做饭，我得好好谢谢你。"

田螺姑娘一见谢端发现了自己的秘密，赶忙说道："这可不行，我得回到田螺壳里。"

但是谢端一直恳求田螺姑娘留下来跟自己讲清楚这其中的来龙去脉。田螺姑娘一时也找不到自己的田螺壳，只能坐下来跟谢端交谈。田螺姑娘告诉谢端，自己是天帝的女儿，上次不小心掉进了田沟里，本来要干死了，幸好被谢端搭救，才活到了今天。为了表示感谢，她才趁谢端出门的时候为他准备好饭菜。

谢端没想到自己的举手之劳竟然能换来田螺姑娘对他的照顾，顿时感到十分不好意思。他让田螺姑娘先住在自己家中。田螺姑娘看谢端说得很诚恳，所以就决定留在这里一段时间。经过进一步接触，两人对彼此了解得更多，谢端心里很倾慕田螺姑娘，再三挽留她，希望能和她结为伉俪。

田螺姑娘也很喜欢这位勤劳善良的小伙子，但是她是天帝的女儿，不能长时间留在人间。现在谢端已经识破了她的身份，难保日后别人也会知晓这一切，这样只会给谢端带来麻烦，她必须要回到天庭去。她婉言谢绝谢端之后，又说要把自己的田螺壳留给谢端，这田螺壳可以用来储藏粮食，不论从里面拿出多少粮食，都拿不完。谢端只要有了这个田螺壳，就不怕灾荒年了。

她嘱咐谢端好好劳作，他的生活之后会越来越好。田螺姑娘说完这一切后，只见天空狂风大作，阴云密布，很快就下起了大雨。还没等谢端回过神儿来，田螺姑娘就已经升入天庭。

谢端感激田螺姑娘对自己的馈赠，特意为她造了一座神像，逢年过节都参拜上香。靠着自己勤劳的双手，谢端的生活果真一天比一天富足起来。而那枚珍贵的田螺壳，也被谢端的后人一代代传了下去。

成长启示

谢端无意中的善举救了田螺姑娘的性命，而田螺姑娘知恩图报，用实际行动报答了恩人。他们都是善良、懂得感恩之人，也是我们生活中要学习的榜样。我们既要与人为善，在力所能及的范围内帮助他人，也要常怀感恩之心，懂得回报他人的善举。

要点思考

1. 想一想，《田螺姑娘》和《牛郎织女鹊桥相会》这两个故事有哪些异同？

2. 如果让你改写这个故事的结局，你会怎样安排呢？

天下第一关

导读

山海关位于明长城东端，是明长城唯一与大海相交汇的地方，素有中国长城“三大奇观之一”（东有山海关、中有镇北台、西有嘉峪关）与“天下第一关”之称，山海关与万里之外的嘉峪关遥相呼应，闻名天下。其东门箭楼上，有“天下第一关”的名匾，五个大字苍劲有力，气势非凡，而且大有来头！

山海关，是明长城东端的起点，北依角山，南临渤海，连接华北与东北地区，形势险要，自古为交通要冲（某个地区重要道路会合的地方），有“天下第一关”之称。在其东门箭楼上，挂着一块横额巨匾，上书“天下第一关”五个大字，笔法雄浑苍劲，庄重而不失潇洒，素来为人称道。其中的“一”字，长一丈三尺三寸，虽仅一笔，却不显单薄；繁写的“关”字，一竖长一丈四尺五寸，笔画较多却不显纷繁。据传，“天下第一关”这块名匾，是明朝的一位书法家写的。

明朝成化（即明宪宗朱见深的年号）年间，山海关附近住着一个颇有才华的举子，名叫萧显。他少年时代就擅长书法，成年后书法更臻精湛，当地人还把他的字刻在石碑上。尽管萧显才名远播，但家里很穷，仍然过着吃不饱、穿不暖的生活。

皇帝下旨开科取士的时候，萧显也想到京城赶考，可是家里拿不出足够的路费。去向邻居借吧，大家都是穷人，没钱可借；那些有钱的人家又不肯借钱给他。萧显十分为难。

老话说得好："穷帮穷，富帮富。"萧显的邻居中，有一位孤老婆婆，她无儿无女，大家都叫她"孤老"。孤老听说萧显有难处，就把她家里祖传的一块上好的古砚贱卖了几两银子，让萧显拿去赶考。

萧显推脱不过，接过银子，非常感激地说："我虽然贫穷，但您的生活也不易，用您的银子，我心里愧疚万分。我听说皇上打算在山海关的东门箭楼上挂块'天下第一关'的横匾，现在我就把字写好，等着皇上下圣旨了，您老人家就拿着字到山海关找总镇大人，把字献上去，总镇大人一定会重重赏您的。"

萧显说完，提笔一挥而就。孤老一看，"天下第关"四个雄浑的大字跃然纸上，可就是没有写"一"字。孤老纳闷儿地问他："'天下第一关'是五个字，你这儿少写了一个，这怎么行呢?"

萧显微微一笑，说："您老人家就把心放在肚子里吧。您把这四个大字交给总镇大人，他一定会问您原因，您就告诉他，字写好后，因墨迹未干便放在外面晾晒，没想到那个'一'字，竟然被一阵风刮走了。'一'字很好写，让总镇大人再找个人补写一个吧！要是总镇大人补写不上，他就会向皇上奏本，到时皇上肯定会下圣旨找人补写，您到时再来找我就好了。"说完，萧显收拾好行装，带上孤老给他的银两，进京赶考去了。

没过多久，皇帝果然下了一道圣旨，悬赏天下名士来写"天下第一关”的横匾。孤老从里长那里听到消息，就带上萧显写好的四个大字，去山海关里拜见总镇大人。总镇一见这雄浑有力的几个大字，就十分高兴，仔细一品味，才发现不对，“天下第一关”五个字，这里竟然少一个字，就问孤老原因。

孤老就按照萧显教她的话说：“最开始确实是写了‘天下第一关’五个字，但是，在晾晒的时候，‘一’字不小心被风刮走了。大人，这个‘一’字不难写，找人补上就行了！”总镇大人心想，这个“一”字随便一挥就是，那还不容易。就对孤老挥挥手，说：“字就留下吧，没你的事了，你可以回去了！”

孤老一想：这情形不对呀，献字不是有赏银吗？他还没给我赏银呢！就小心翼翼地问总镇大人：“大人，献字不是有赏银吗？这赏银在哪里领啊？”

“赏银？你还敢要赏银？你把‘一’字弄丢了，知不知道这是多大的罪过？这事若被皇上知道，你连小命都保不住，还想要赏银！赶快离开这里。”总镇大人想独吞这笔赏银，一阵恐吓就把孤老撵（niǎn，驱赶）走了。

山海关总镇连夜进京，把孤老献给他的“天下第关”四个字亲自献给皇帝。皇帝对这几个字是赞不绝口，爱不释手。可遗憾的是，唯独缺个“一”字。皇帝问总镇这个“一”字哪里去了，总镇照着孤老的话回奏了一番。皇帝就说让他找人去写这个“一”字。

山海关总镇领了皇帝的圣旨，召集了许多能书善写的名士，可是这些名士，拿出了浑身本领，写来写去，总是写不出“一”字的神韵。不是写短了，就是写长了，不是写粗了，就是写细了，反正就是配不上“天下第关”四个字。

山海关总镇急得团团转，他的幕僚替他出主意说：“大人可以上奏本，要是皇上肯出重金张榜悬赏，还会找不到写原来那四个字的人吗？找到这个人，‘一’字不就写出来了。”

山海关总镇觉得幕僚言之有理，当天就给皇帝上了一道奏本。皇帝见了奏本后，便下旨：“谁能找到写‘天下第关’四个字的人，补上‘一’字，有官的升官，无官的给官做，另外还赏赐黄金百两，白银千两。”

可是，怎么才能找到那个写“天下第关”的人呢？山海关总镇既想独吞赏赐，又毫无头绪。那个幕僚又给他出主意，让他先找到那个献字的孤老。于是，总镇连夜把孤老传到衙门，限她半月之内把那个写字的人找来，把“一”字给补上，否则，就要重重治罪。

孤老想起萧显临行前说的话，就满口答应下来。回家收拾起包裹，拄上拐杖，上京城找萧显去了。孤老一路奔波，历尽磨难，终于来到了京城，找到了萧显的府上。

萧显此时已经在京城做了官，听说孤老来了，忙叫仆人把老人家请进来。萧显听完孤老的来意，说：“您老人家只管在这儿放心住下，先休息几天，我自有安排。”

接连三天，孤老在萧府吃的是美味佳肴，穿的是绫罗绸缎。萧显更是每天陪着孤老闲聊，丝毫没有提起写“一”字的事。

这一天，孤老按捺不住了，便问萧显：“萧相公，什么时候才写‘一’字啊？”萧显说：“就今天吧！您帮我磨墨吧。”说完，指了指放在角落里的一只小缸，说：“您把墨汁磨好，然后倒进去，什么时候装满，我什么时候写。”从那天起，孤老就天天坐在书房里磨墨，一直磨了七天七夜，磨好的墨汁才装满一缸。

这天一早，萧显叫仆人抬来条案，在上面铺上半尺厚、一丈五尺长的上等宣纸。准备停当，萧显对孤老说：“还不能写，还得等我吃过午饭才能写。您还得继续帮忙。”孤老说：“要我做什么事，您只管说。”萧显说：“我当年写‘天下第关’四个字的时候，刚吃了一顿您做的午饭。还请您像当年一样，做一顿跟那时一模一样的午饭，我吃饱了才能写好这个‘一’字。”孤老答应了，她果然给萧显做了一顿和当年一样的白豆干饭和萝卜粉条汤。

萧显大吃一顿，这才准备写“一”字。只见他一不用笔，二不用手，只是把头发解开，用绳子把头发齐根扎好，像一把刷子立在头上。紧接着，他猛地把头一低，把头上的刷子伸到墨汁缸里，用力搅动几下，蘸满浓墨，猛地一抬头，头发一甩，只听叭的一声，浓墨不偏不倚，正好甩在铺好的宣纸上，接着，萧显低下头，在纸上一挫、一拖、一顿，一个“一”字就跃然纸上（形容描写或刻画得十分生动、逼真）了。

萧显大汗淋淋，筋疲力尽。他休息了一会儿，才把写好“一”字的宣纸卷好，双手捧着交给孤老，说：“老人家，这个字够您后半辈子吃穿了。”孤老叹口气说：“萧相公有所不知，有山海关总镇大人在，我根本就得不到赏银！”

萧显听孤老讲完，想了想，让孤老附耳过来，如此这般交代了一番，就领着孤老前去面圣。

孤老把那个“一”字呈献上去，皇帝非常高兴，命令能工巧匠把字刻在匾上。赏赐孤老百两黄金，千两白银，还问她能做什么样的官。孤老说：“我一个老婆子哪里能做官，而且，这字是萧相公写的，他是一个真正有才学的人，皇上该给他升官晋爵才是。”

皇帝听从孤老的建议，给萧显升了官职。孤老见皇帝封了萧显，又跪下磕了个头说：“皇上，这赏银我老婆子也不敢要。”皇帝问何故。孤老就把给总镇大人献字，不仅没有领到赏银，反而让总镇大人恐吓一番赶出衙门，还逼着她来找萧显的事给皇帝说了。皇帝大吃一惊："还有这等事？"萧显急忙跪下说："山海关总镇欺上瞒下，罪不可赦，请皇上降旨治罪。"

皇帝立即下旨撤了山海关总镇的职，孤老这才带了赏银回山海关去了。"天下第一关"的横额巨匾，直到现在还高高地悬挂在山海关东门箭楼上。

成长启示

萧显之前少写的那个"一"字，看似简简单单，却无人能写出与之前那四个字相匹配的来。因为简单的一个笔画里，也渗透着书法家的非凡功力，这从后来萧显补写此字时的情形，便可以看出来。不仅书法艺术是如此，做很多事情都是这样，只有将事情做到极致，才能使结果臻于完美。

要点思考

1. 故事一开始给我们详细描述了"天下第一关"五个大字的笔法，你能说出它好在哪里吗？

2. "一"字写起来非常简单，为什么天下那么多能书善写的名士写的都配不上萧显写的那四个字？

崇祯测字

导读

古代人源于文字崇拜的心理，给文字本身赋予了某种神秘的力量，并迷信一种叫作“测字”的占卜术。连明朝的崇祯皇帝在走投无路之时，也微服到民间去“测字”，殊不知，他所测到的“天命”，皆是“人为”!

明朝末年，天下大乱。闯王李自成兵围北京，大明江山危在旦夕（指危险就在眼前。旦夕，早晨和晚上，形容时间短），崇祯皇帝朱由检明知大势已去，却不肯束手待毙，他觉得北京城有攻不破的城墙和护城河护卫着，他只需要坚守不出，就能坚持到各地勤王的援兵赶来。

李自成的义军加大了火力攻城，但久攻不下，损失惨重。于是，军师宋献策向李自成献计，称自己有办法动摇崇祯皇帝坚守北京城的决心。他和闯王私下里言语了一番，闯王听了连连点头。

宋献策想办法混入了北京城，他打扮成一个测字先生的样子，在靠近皇宫的地方摆下测字摊，身旁竖着一幅白布招牌，上书："鬼谷为师，管辂是友（鬼谷，指战国楚人鬼谷子，因隐于鬼谷，故自号鬼谷子。长于养性持身和纵横捭阖之术。管辂，三国魏术士，精通占卜。辂，lù）。"

宋献策很早就探听到崇祯皇帝信奉天命，平日里也喜欢招江湖术士进宫。而且，崇祯皇帝每日早起，第一件事就是在乾清宫中虔诚拜天。洛阳被义军攻占的时候，崇祯皇帝的叔父也被义军所杀，崇祯皇帝觉得这是"上天弃我，剪灭大明"的"预兆"。宋献策这次进城的目的，就是要使崇祯皇帝确信，这种"预兆"是真实的，而且会很快就能验证的。

崇祯皇帝这几日更是坐立不安，心神不宁。于是，他带上身边的太监王承恩，两人微服出宫，一来是解解烦闷，二来也想了解一下民心和真实军情。

没过多久，崇祯皇帝就遇到了刻意等候他的宋献策，也看到了测字摊上那耀眼的招牌。崇祯皇帝停住了脚步，心想，平日召进宫的术士，害怕说出实话被我治罪，只是说些阿谀奉承（意思是投合对方的心意，竭力向人讨好。阿谀，ēyú）之词。今日遇到的这个测字先生，他并不知道我的身份，想来也不会说些谄媚之词，我何不在此测上一字，试试这个先生的水平。崇祯皇帝想毕，便与王承恩小声说了两句，朝着宋献策测字摊前的长凳坐了下去。

王承恩得到崇祯皇帝的暗示，在宋献策摊前弯下腰，轻声说："先生，可为我家主人测算一字？"

宋献策闻言抬头一看，一个年近四十，白面无须的男子站在他面前。宋献策听其声音尖细，心中猜测应是太监。再看看一旁坐着的人，气度非凡，面色却显得凝重，宋献策心里已明白了八九分，即刻笑着问道："请问客官欲测何事？"

王承恩看了崇祯皇帝一眼，答道："欲测国事。"

宋献策心中大为高兴，脸上却不露声色，拿起桌上的毛笔递到王承恩面前说："请客官写下要测的字。"

王承恩没有接笔，只是随手朝招牌一指说："就测那'管辂是友'的'友'字吧。"宋献策把"友"字一笔一画地认真写好，左手捧着字，右手捋（lǚ）着胡子，思索片刻，说："客官要是测算别的事，还好说些；要是就问国事，恐怕有些不妙啊！你看'友'字这一撇，遮去了上部，就成了'反'字，照字形而解，恐怕是这个'反'要出头了。"

崇祯皇帝听宋献策说完，不由得面色大变，王承恩更是吓出一身冷汗，赶忙摇手道："算错了，算错了，不是这个'友'字。"宋献策不慌不忙地问："莫非是'有无'的'有'字？"王承恩悄悄看了一下崇祯的脸色，点头答道："不错不错，就是这个'有'字。"

宋献策把这个"有"字端端正正地写在纸上，看了半天，不发一言，只是不住地摇头。王承恩催促道："快测啊，你莫要耽搁我们的时间。"

宋献策看了看两人，慢慢站起来，将身凑近崇祯皇帝与王承恩，低声说："若真要测这个'有'字，就怕更是不祥。你们看这个'有'字，上部是'大'字缺一捺，下部是'明'字少半边，照此字而解，便是大明江山丢失了一半。"

王承恩吓得大惊失色，连连叫道："错了错了！不是这个'有'字，不是这个'有'字！"说着，抓起了桌上的毛笔，可是，他手里的笔被崇祯皇帝夺去了，皇帝还恶狠狠地骂他："蠢材！"崇祯皇帝在身边的纸上写下一个"酉"字，往宋献策面前一推。

宋献策将字接过来，便陷入沉思之中，时而搓手，时而跺脚，时而摇头，就是不说一句话。急得崇祯皇帝和王承恩坐立不安，不断催促。宋献策却无动于衷，闭口不开。

崇祯皇帝催促道：“先生为何不说话？”宋献策长叹一声，说：“此字太恶，在下不敢说。”崇祯皇帝感到浑身冰凉，硬着头皮说：“测字之人问凶不问吉，有话直说无妨。”

宋献策见“火候”已到，便假装神秘地说：“这话只说给客官你听，可千万不要声张。以字的结果来看，这大明的江山气数已尽，万岁爷获罪于天，罪在不赦。你看这‘酉’字，居‘尊’字中间，上无头，下缺足，分明在暗示，至尊者将无头无足矣。”

崇祯皇帝只觉得头晕目眩，腿脚发软，一旁的王承恩眼明手快搀扶住了他。崇祯皇帝再也无心去了解民心和军情了，苦着脸回了宫。大概是怕闯王真会将他碎尸万段，第二天，崇祯皇帝便带着王承恩，在皇宫后面的煤山自缢身亡了。

明朝的大臣和官军，听说皇帝已死，转眼树倒猢狲散（比喻为首的人垮下来，随从的人无所依附也就随之而散。猢狲，húsūn），北京城便不攻自破了。李自成义军顺利进城，明王朝覆亡。

成长启示

故事中的“测字”是封建迷信活动的一种，未来的吉凶不是靠预测而来，而是跟当下有着密不可分的因果联系，我们要用科学的头脑武装自己，与时俱进，做现代文明的实践者和创造者。

要点思考

1. 崇祯所测的三个字，皆是大凶之相，你觉得宋献策解释得巧妙吗？如果你是测字先生，你会怎么说？

2. 你觉得崇祯如果不去测字，明朝会灭亡吗？为什么？

秦始皇鞭石

导读

秦始皇统一六合之后，决心修筑长城，将从前六国所筑的城墙连接起来，可是这长城该从哪里修起呢？满朝文武都束手无策。无奈之下，秦始皇决定亲自到民间去，走访民间见识广博、德高望重的老人，希望能听听他们的意见……

在山海关附近的渤海边上，有块巨石，状如“龙头”，石上有很多血迹，附近的人都管它叫“鞭石”。石头的阳面干燥，阴面湿润。据说逢大旱天气，用鞭子打阴面，就能下雨；遇到天涝，用鞭子打阳面，就会立刻天晴。

关于这神奇的“鞭石”，还有这样一段故事：

秦始皇一统天下后，决心要把从前燕、赵、齐、魏诸国所筑的城墙连接起来，筑成长城。于是，便派大将军蒙恬带兵三十万修筑。蒙恬却有一个疑问，这长城该从哪里修起呢？他只好去请示秦始皇，但秦始皇一时也拿不出主意来，就召集朝中文武大臣，商议修筑长城的起点。

没想到满朝文武，你看着我，我看着你，谁也不肯出主意，都害怕自己说的不合秦始皇的心意，引来杀身之祸。可是皇帝既然下令，他们又不能不说。大臣们都在想一个两全其美的对策，既能让秦始皇心满意足，又能保住自己的官职性命。

秦始皇身边有个宦官叫赵高，是个奸诈狡猾的权臣（掌握大权而专横的大臣），他灵机一动，想出了一个办法，对秦始皇说："陛下向来礼贤下士，何不到民间去寻访那些年高德劭、见多识广的老人，听听他们的意见，看长城的起点该放在哪里呢？"秦始皇一想，就采纳了赵高的建议。第二天，秦始皇就带领随从前往民间寻访。

百姓们听说秦始皇要修筑长城，怕抓民夫，都逃走了，十室九空，弄得秦始皇无人可访。好不容易，秦始皇在山沟里遇到一位老婆婆，正不慌不忙地坐在槐树下纺线。秦始皇觉得很奇怪，心想：这里的人都逃走了，这位老婆婆怎么没有逃走呢？秦始皇走上前去，问老婆婆："老人家，这里的人都逃走了，你怎么还在这里呢？"老婆婆说："我为什么要逃走呢？这里以前年年打仗，百姓们不得安生，如今秦王统一了天下，要修筑长城保太平，这是一件好事啊！"

秦始皇听了老婆婆这番话，非常高兴，说："老婆婆，有了你这样明白事理的百姓，不愁长城修不成。那么，你认为长城从哪里修起才好呢？"老婆婆说："金牛入海处。"秦始皇不明白，又问老婆婆："金牛在哪里？"老婆婆告诉他："今天夜里，你派人在龙门山上等候，到时候便知道了。"

夜里，秦始皇依老婆婆的话，派大将军蒙恬守在龙门山上，等候金牛出现。

夜过三更，就见一道金光猛然从东北高山上升起，蒙恬仔细察看，一头金光灿灿的牛在金光中奔出，直向渤海而去。渤海顿时涌起数丈高的水柱，原来是一条乌龙，正奋爪扬须，和金牛厮斗。一牛一龙，在渤海里斗得天昏地暗，波涛翻滚，掀起一阵阵巨浪。四更时分，金牛与乌龙全都累了，才返回东北面的高山上去了。

早朝的时候，蒙恬把夜里见到的奇景奏明了秦始皇。秦始皇这才恍然大悟，原来这就是老婆婆所说的金牛入海处，这地方可以做修筑长城的起点。

秦始皇对蒙恬说："你再带兵去那里，要在金牛走过的路上，用白灰画道线，这就是修筑长城的路线。"蒙恬奉命办事去了。

选好起点之后，就开始动工修筑长城了。可是，金牛所过之处都是崇山峻岭，有些地方还是悬崖绝壁。而修城墙用的砖，每块重三十二斤，修城基用的石头，每块重数百斤，即便是再健壮的民夫，也只能背两块城墙砖上山，往山上运石头就更加困难了。后来用牲畜驮砖上山，还是不行，每天都有牲畜和民夫摔死。

民夫们怨声不绝，有的民夫说："都怪那纺线的老婆婆，说这是金牛走过的路，才让我们如此遭罪。要不我们去找她吧。"大家都赞成。民夫们就去找纺线的老婆婆，对她说："您老人家既然知道修长城的路，就应该知道那条路的艰难，还请您老人家再帮我们想想筑城的办法吧。"纺线老婆婆听民夫们说完，拿出许多纺好的线，分给民夫们，说："你们把这些线拿去吧，用线背砖，砖会变轻；用线拉石头，石头会跟着线走。"民夫们听了非常高兴，每人分三根线，回去一试，果真灵验。

蒙恬看见民夫们用线背砖，还用线拴着巨石，不管多高多陡的山，都能轻轻松松地拽上去，觉得非常奇怪，就去问民夫，民夫把见老婆婆的事告诉了蒙恬。蒙恬又把这件事奏明了秦始皇。

秦始皇听了之后也非常吃惊，就带着随从去看，一看果然不假。于是，他下令把拽石的线收集起来，让人把这些线做成一根鞭子。秦始皇拿着鞭子，想试试鞭子的威力。他把鞭子用力一甩，面前的高山竟然砰的一声，摇晃了三下。

秦始皇一时兴起，接连甩了两下鞭子，鞭声过后，但见那群山摇动，声似霹雳，巨石腾空，急速向南飞奔。

秦始皇跟在巨石后面，用鞭子不停地赶它，就像赶牲口一样。秦始皇把那些有用的石头赶上山，把没用的石头赶向渤海。渤海里的乌龙着急了，急忙兴起波浪来堵截那些入海的巨石。巨石被乌龙涌起的滔天大浪堵在了海边，不断堆积起来，逐渐形成了一座大山，形状就像张开嘴吞吐海浪的龙头。

秦始皇见此情景，高兴地说："妙啊！这里像是龙头，就作为修长城的起点吧！"自此以后，山海关城墙下的海滩边，便留下了那块血迹斑斑的"鞭石"。

成长启示

万里长城自修筑的那天起，就成为中华民族大一统的象征。长城对中国人来说，是意志、勇气和力量的标志，象征着中华民族的伟大意志和力量，增强了中华民族的自豪感、自信心和爱国热情。

要点思考

1. 秦始皇为什么要修筑长城？

2. 宦官赵高的献策有用吗？他的初衷是什么？

油炸桧

导读 你知道吗？我们经常吃的“油条”，本名“油炸桧”，起源于南宋年间。关于这个名字，还流传着这样一个故事呢……

你知道吗？我们经常吃的油条，本来叫作“油炸桧”，据说最早是临安人先做出来的。

> 开头设置问题，让人探究什么是“油炸桧”。

南宋年间，卖国宰相秦桧和他的老婆王氏，在东窗定下了毒计，把精忠报国的岳飞在风波亭中杀害。这件事传开之后，老百姓人人愤恨，茶馆酒楼，街头巷尾，都在议论这件事。

那时，在临安城的大街上，有两个相邻的吃食摊：一家卖芝麻葱烧饼，一家卖油炸糯米团。这一天，早市刚散，做烧饼的王二通通火炉，理好灶上卖剩的葱烧饼，看看没有买主，就坐在条凳上休息。这时，做糯米团的李四，也已把油锅收拾好，蹲在那里抽旱烟。

两人打了声招呼，李四便走过来，和王二面对面坐着谈起天来。一谈两谈，不觉又谈到秦桧害死岳飞的事情上来了。李四越说越生气，不由得捏起拳头在条板上用劲一砸：“卖国贼！我恨不得把你……”王二听了哈哈一笑，说：“李四哥别气恼，让我来收拾他们！”说着，从条板上摘了两个疙瘩，捏捏团团，团团捏捏，捏成两个面人：一个吊眉大汉，一个歪嘴女人。他一把抓起切面刀，往那吊眉大汉的颈项上横划一刀，又往那歪嘴女人的肚皮上竖划一刀，对李四说：“你看怎么样？”

精彩的动作描写、语言描写，生动传神地展现了王二娴熟的手艺，以及李四疾恶如仇、性格刚直的特点。

李四笑着点点头，说：“不过，这还便宜了他们！接下来看我的！”说完，他跑回自己摊位去，把油锅端到王二的烤烧饼的炉子上来，又将那两个斩断切开了的面人重新捏好，背对背地粘在一起，丢进滚油锅里。一面炸面人，一面大声叫着：“大家来看油炸桧啰！大家来看油炸桧啰！”

过往行人听见有人吆喝“油炸桧”，都觉得好新鲜，立即围拢过来。大家看着在油锅里翻滚着的两个面人被

炸得吱吱作响，就明白是怎么回事了。他们心里都很痛快，都跟着叫起来：“看呀看呀，油炸桧啰！看呀看呀，油炸桧啰！”

恰在此时，只听一阵锣声响，原来，秦桧坐着八抬大轿，从皇宫里退朝回府，正好经过此处。秦桧在轿子里听见大街上嘈杂的喊声，听到“油炸桧”三字，便觉得不对，就叫人停下轿子，立刻派出亲兵去抓人。亲兵挤进人群，把王二和李四抓来，连那油锅也端到轿前。秦桧看见油锅里炸得焦黑了的面人，气得一根根络腮胡子（连着鬓角的胡子。络腮，luòsāi）都立了起来，走出轿来大吼道：“你们好大的胆子！是要造反吗？”

没想到，王二一点儿都不害怕，他笑嘻嘻地回答：“我们是做小本生意的。哪里敢造反呢？”

由此可见，王二是个有勇有谋的人，遇事冷静、从容，既敢于反抗，又懂得保护自己。

秦桧说：“你既然知道，怎敢乱用本官的名讳？”

王二说：“哎呀，宰相大人，你是木旁的‘桧’，我说的是火旁的‘烩’哩！”

这时，大家都跟着叫起来：“是呀，是呀，音同字不同！”秦桧无话可说。他看看油锅里浮起的那两个面人，怒声说道：“少废话！这炸成黑炭一样的东西，如何吃得！分明是两个刁民，聚众生事，蒙骗本官！”

听秦桧这么一说，人群中立刻站出两个人

来，一面说："油炸桧就得这样炸，这样炸才好吃！"一面把油锅里的面人捞起来。一边吃着还连声说："好吃，好吃！我越吃越想吃，越吃牙齿越痒，恨不得一口把它吞下去呢！"这一来，秦桧哭笑不得，气得直瞪眼睛，最后只好往大轿里一钻，灰溜溜地走了。

"油炸桧"盛行，源于其顺应民意的象征意义，同时也体现了我国古代人民朴素的生活智慧和爱国热情。

堂堂的宰相大人当众受辱，这件事情一下轰动了临安城。人们纷纷赶到这里，都想吃一吃"油炸桧"。李四索性不做油炸糯米团了，而是把油锅搬了过来，和王二并作一摊，合伙卖"油炸桧"。

刚开始时，"油炸桧"是背对背的两个人。但面人要一个一个捏起来，做一个"油炸桧"得用不少时间，实在很费事。后来，他们二人就想出了一个简便的法子，先把一个大面团揉匀摊开，用切面刀切成许多小条条，然后拿两根来，一根当秦桧，一根当王氏，用棒儿一压，扭在一起，放到油锅里去炸，依然叫它"油炸桧"。这样，做起来就方便多了。

老百姓原先去吃"油炸桧"，只是为了解心头之恨。但后来觉得这东西吃起来味道确实不错，价钱也便宜，所以吃的人就越来越多。没过多久，临安城里城外所有的烧饼摊，都学着做起来。很快，这种吃食就传遍了全国各地。

从此，"油炸桧"便成为一种人人爱吃的面食。再后来，人们见"油炸桧"是根长条条，就叫它“油条”。因为油条最早是在烧饼摊上做出来的，所以直到现在，许多地方都还保留着原来的习惯，烧饼和油条总是合在一个摊子上做。“烧饼夹油条”也成了一种经典的美食搭配，深受人们的喜爱。

成长启示

故事中的很多普通百姓，不论是小贩，还是路人，都极具正义感和爱国心，即便宰相来到街上，也一样敢于发声。古往今来，正是因为有这些不畏强权、敢于反抗的人民的努力，国家才有着不绝的希望和力量。

要点思考

1. “油炸桧”的“桧”是指谁？他是怎样陷害岳飞的？

2. 临安老百姓为什么会热衷于吃“油炸桧”？

松花江的故事

导读

据说很早的时候，松树也是开花的，只是后来让人给借走了，而且，借走松花的“人”，并不是凡人，这里还有个故事呢！

人们都说，松树只结松塔，只长松子，从不开花。那么，“松花江”的名字又是怎么来的呢？听早年间进山伐木的老年人说，在很久以前，松树也开花，只是后来松花都让人给借走了。

很久很久以前，在我国辽阔的东北地区，到处都是山呀水呀，树木茂密，人烟稀少。那时候，兴安岭和长白山是连着的，大大小小的江河湖泊纵横交错，最终流向大海。这里全年都是波浪滔天，无边无际，就在这长白山当中，有个生满莲花的大湖，人称“莲花湖”。

莲花湖可不一般。湖面上，一年四季都铺着碧绿的荷叶，盛放着各色荷花。荷花有红的，有绿的，又有黄的，颜色各异，品种繁多，一茬接一茬地开，没有中断的时候。再说那荷叶底下，挤挤挨挨，里三层外三层，全是鱼呀蛤蜊呀。仔细一瞧，那每条鱼的眼睛，都是一对琥珀色的大琉璃儿；每个蛤蜊壳里，都含着一颗溜光（很光滑）锃亮（反光发亮。锃，zèng）的夜明珠。每到皓月当空的夜晚，天上地下，光芒四射，万物生辉，整个大湖，简直跟“聚宝盆”一样。

就是这样一块风水宝地，不知从什么时候开始，闯进了一条白鳞白翅的恶龙，它的外号叫“小白龙”。起初它藏在湖底，没有制造任何风浪。慢慢地，它开始肆意妄为起来。时不时就兴风作浪，蹿上蹿下，把原本清澈见底的一湖清水搅得乌烟瘴气。到了最后，荷花凋谢，鱼虾绝迹，蛤蜊也闭了嘴，夜明珠也不再闪光发亮了。人们眼睁睁地看着一片宝湖，变成了一潭死水。这还不算，有时小白龙一奓翅膀，湖里立时就会洪水翻滚，天昏地暗，方圆几百里的地方都受到牵连，总也得不到消停。

终于，小白龙兴风作浪、为非作歹的事情被统辖东海的老龙王发现了。于是，老龙王就派了黑鳞黑翅的大黑龙去降服小白龙。

第一次去的时候，大黑龙根本没有把小白龙放在眼里。它心想，我身强力壮的，还对付不了一条小白龙吗？就这样，它一路呼风唤雨，大张旗鼓地来到莲花湖。大黑龙什么都没带，只拖上一条预备捆小白龙的锁链。半路上，为了显威风，它还故意将锁链抖来抖去。这一抖不要紧，雷电大作，给小白龙送了信儿。大黑龙走累了，就在半空中停下来休息了一会儿。这一歇不要紧，鸡蛋大的冰雹，砸在地上啪啪作响。小白龙知道来了敌人，早有准备。它潜入湖底，把鱼呀、蛤蜊呀填了一肚子。吃饱喝足之后，就躲在暗处。也怪大黑龙太粗心，在莲花湖上，闹腾了半天，也没见到小白龙。等大黑龙肚子饿了，身体乏了，劲儿也懈（xiè，松懈）了，那小白龙猛地蹿上来，用龙角直直地撞向大黑龙，没使多大力气，就把大黑龙打退到东海口。

第一次，敌在暗我在明，大黑龙吃了亏；第二次来时，大黑龙吸取了教训，顺着江底慢慢地游过去。可是没料到，它游到哪儿，哪儿的湖水就变黑了，连翻起的浪花都是黑的。小白龙眼尖，老远就知道对手又来了，赶忙又大吃一顿，养足精神，藏在湖边的礁石背后。大黑龙一到，雷声滚滚，大雨如泼，把莲花湖掀了个底儿朝天，又折腾了大半天，还是不见小白龙出水。就在大黑龙又饿又累之时，只见小白龙飞身出水，恶狠狠地向大黑龙冲去，就又把大黑龙追到东海口了。

接连两次，大黑龙都进不了莲花湖，降不住小白龙，知道自己每次来都给对手送了信号。它想，一定要想个办法，神不知鬼不觉地靠近小白龙，然后把它擒住。可是，大黑龙想来想去都没有想出办法。

时间过得很快，转眼已是第二年夏天了。地面上的松林里，开满了松花，洁白一片。有的花落在水面上，把江河湖泊都盖住了。大黑龙一看，高兴极了。"我何不到山上去借松花呢？"于是，它吃饱喝足，收拾利落，腾云驾雾来到长白山和兴安岭，飞来飞去转了好几圈，连打带抓，不一会儿，便把松花打落在地，然后用龙卷风一扫，把松花全聚到了湖面上。再一看，江面被严严盖住，成了一片白色。有一次，大黑龙吃饱喝足后才离开东海，它悄悄来到莲花湖，一下子就降服了小白龙。可惜的是，它没有把小白龙锁牢。后来，小白龙挣开锁链，从东海口拐弯朝南，一直逃到了如今的兴凯湖。

从那以后，大黑龙把这里的山呀水呀，都归置合并了一下，只留下三条大江，就是今天的黑龙江及其支流乌苏里江和松花江。那座莲花湖，后来水开始越来越少，成了半月形的五大连池。兴安岭和长白山也渐渐分开了，南边一座，北边一座。

只是，松树自从被大黑龙“借”过一次松花之后，就再也不开花了。后来，人们为了纪念大黑龙，就把那条江叫作“松花江”了。

成长启示

大黑龙前两次太骄傲轻敌，不仅没能降住小白龙，甚至连莲花湖都进不了，但它没有气馁，到了第三次，它巧妙地“借来”松花，终于打败了小白龙。这个故事告诉我们，遇事一定要胜不骄败不馁，善于变通，考虑周全，不可盲目行事。

要点思考

1. 大黑龙为什么要“借”松花？
2. 请用自己的语言讲述大黑龙三斗小白龙的过程。

彝族火把节的故事

导读

“火把节”是我国少数民族——彝族的传统节日，被称为“东方狂欢节”。每年的农历六月二十四日晚上，数不清的火把映红了夜空，彝族人民会举行盛大的篝火晚会，围着篝火唱歌跳舞……关于“火把节”的起源，还流传着这样一个故事。

每年的农历六月二十四日，是彝族人民传统的节日——火把节。

每到这一天，在夜幕刚刚拉开的时候，整个山寨便已经沉浸在节日的欢乐之中。从石林到叠水，从圭（guī）山到长湖，无数的火把映红了夜空，映红了人们的笑脸，激情澎湃的歌声与雄浑悠扬的大三弦（彝族的一种拨弦乐器。琴身木制，筒面蒙以羊皮，有三根筋弦）声交织在一起，人们迎来了他们一年一度的狂欢之夜……

关于“火把节”，流传着这样一个神奇动人的传说。

很久以前，在一座高高的山上，有座城堡，城堡里住着一个土司，他生得一脸凶相，再加上满脸麻子，脸黑如漆，人们给他起了个外号，叫作“黑煞神”。这黑煞神作恶多端，手下养着一大帮家丁、打手，残暴地统治和压榨着彝族人民。他巧立名目（定出许多名目，以达到某种不正当的目的），横征暴敛，百姓家添人进口要交人丁税，上山打猎要交撵山租，下河打鱼要交打鱼捐……苛捐杂税名目繁多，逼得老百姓苦不堪言。为了反抗黑煞神的残酷统治，人们曾多次发动起义，但是，土司所住的城堡非常坚固，难以攻下，起义屡屡失败，许多人还被抓去处死了。

彝族百姓里有个聪明能干的牧羊人，他的名字叫扎卡，想出了一个攻破土司城堡的办法来。他暗中联合了九十九寨的贫苦人民，决定从六月十七日起，将各家各户的羊都关在羊圈里，每天不喂草料，只喂点儿清水，饿上七天七夜。起义的人就在夜里赶造梭镖（suōbiāo，装上长柄的两边有刃的尖刀），并把砍刀和斧子磨得锋利无比，然后又在每只山羊角上都绑上没有点燃的火把，大家约定在六月二十四日晚上起义。

这天晚上终于到了，当月亮还没有出来，山上树林里的微风轻轻吹起的时候，只听得一声牛角长鸣，这就是他们约定好的冲锋号角。这时，各路起义人马立即将羊圈门打开，将绑在羊角上的火把全部点燃，然后驱赶羊群向土司黑煞神的城堡进攻。

那些羊已经被饿了多日，一被放出来，便借着火光，争先恐后地忙着跑上山抢树叶青草吃。扎卡率领着起义的百姓，紧跟在羊群身后，勇猛地向前冲去。快到城堡了，那鼓声和喊声震天动地。黑煞神急忙登上城堡一看，只见一片火海，人们正从四面八方包围过来，已经开始攻打城门了。

黑煞神开始慌起来，他一面命令家丁、打手死守城门，一面自己悄悄地钻进洞里，准备逃跑。紧接着，各路起义大军攻破了城堡，蜂拥而入。他们在城堡里到处都找遍了，可就是不见土司黑煞神。后来，扎卡将大管家抓来审问，怕死的大管家跪在地上连连磕头哀求饶命，扎卡问土司的去处，管家立刻带领扎卡来到土司躲藏的那个地洞。

扎卡命令大管家先下洞叫黑煞神出来投降，这个平时作威作福的大管家竟吓得一下子瘫倒在地，爬不起来，他就是不敢下地洞。就在众人正在张望之时，突然，从地洞里飞出一把匕首。与此同时，一道寒光闪过，迅速地将那匕首击落在地。原来扎卡早有防备，他料到黑煞神不会轻易投降，要做垂死挣扎，所以当地洞里的匕首飞出来的那一瞬间，他眼明手快，挥起砍刀，便将匕首击落！

扎卡和众人见黑煞神在洞里坚决不出来，便决定用火把来烧死他。随着扎卡的一声令下，千万支火把在地洞的周围堆成了一座小山，只见烈火熊熊，越烧越旺，片刻间，整个地洞变成通红一片，那个作恶多端的土司黑煞神就这样葬身在无数的火把之中。

后来，彝族人民为了纪念这次反抗暴虐统治斗争的胜利，就将六月二十四日这天定为“火把节”。

成长启示

面对暴政，扎卡挺身而出，率领贫苦百姓奋起反抗，终于取得胜利。从他身上，我们看到了劳动人民的智慧和果敢，这既是英雄的特质，同时也值得我们每个普通人学习。

要点思考

1. 搜集资料，了解彝族“火把节”，简述其节日习俗。
2. 扎卡是怎样战胜黑煞神的，从他身上你学到了什么？

黄果树瀑布

导读　黄果树瀑布位于中国贵州省，其水势浩大，极为壮观。传说，许多年前，曾有人在那急湍的瀑布之下的深潭里，发现了一个惊天秘密……

很久以前，在黄果树瀑布的山坡上，住着一个勤劳种地的老汉和他的妻子。老两口六十多岁了，一直无儿无女，他们一年忙到头，省吃俭用，但还是过着贫苦的生活。老两口一想到终日辛劳还经常吃不饱穿不暖，就唉声叹气。

老汉在年轻的时候就来到了这个地方，和妻子一起砍树，割茅草，搭了一间草房，两个人相依为命。他们在房前屋后种上了一百棵黄果树，许多年过去了，黄果树已经长成林，郁郁葱葱地围绕着他们的那间矮小的草房。老汉休息的时候就坐在屋门口抽叶子烟，一条飞流直下的大瀑布正对着他们的屋门。

这条瀑布虽然非常壮观，但没有名字。它有二十来丈宽，从二十几丈高的悬崖上冲泻下来，轰隆隆的声音震天响，水沫飞溅，直溅到几里路外。阳光照射瀑布时，就会现出五颜六色的彩虹。月光照射瀑布下面的深潭时，潭里也会射出五彩的霞光。

老汉和他的妻子就这样每天除了种庄稼，便是看看黄果树，早晚休息时就观赏一下瀑布的奇景。

那一百棵黄果树也不知道怎么回事，这年开的花比往年都要多，而且大，芬芳扑鼻。夫妻俩非常高兴，心想今年的黄果一定比往年的多，那样卖的钱肯定也要多得多。老汉每想到这里就会笑得咧开了嘴，对他的妻子重复说着说过好多遍的话："等黄果卖了钱，你那些破衣烂衫也该换一件新的了。"他的妻子就会跟着说买几斤肉解解馋瘾。

日子一天天过去，等黄果花谢了，老汉每天看树，总不见有棵树结个黄果来。老汉心里又是难过，又是失望，话也不想说，饭也吃不下，只是闷不作声地抽着叶子烟。

有一天下午，当老汉无精打采地在家闷坐时，他的妻子忽然在门外惊喜地叫起来："老头子，快来看啊，黄果！"老汉一听，蹦跳起来，揉着眼睛就朝门外跑。只见他的妻子正抱着一捆刚捡来的柴，仰头看向一棵黄果树。

他的妻子指着树上说："老头子，你来看，好大一个黄果！"

老汉仔细看了看，在树叶丛中真的结着一个黄果，奇怪地说："嘿，真稀奇，我怎么从没看见有这么一个黄果？这个黄果有点儿怪啊，花才谢了十几天，它就长得比熟透了的还大。"

他的妻子放下手中的柴，说："老头子，我们再找找，看还有没有。"

他们一棵树一棵树找起来，一百棵树都仔细找了一遍，除了这个黄果，再也没找到第二个黄果来。

"唉，别找了，穷人穷命啊，再找也找不出了。"老汉对还想再找一遍的妻子说。

又过了几天，老汉家来了一位稀客，他是听说黄果的事以后特地从几百里以外的地方赶来的。这位客人大概三十来岁，长得又瘦又高，活像一个痨病鬼（对结核病患者的蔑称，常用以骂骨瘦如柴有病容的人。痨，láo），但他的两只眼睛却透着精明。有认识他的人，都叫他识宝的陕老（贵州人对陕西籍商人的通称），而老汉却并不认识他。

陕老开口第一句话就是："老人家，你的黄果卖不卖？"老汉说："往年黄果多，你买多少都有，今年收成不好，总共才结了一个。"陕老说："我就是要买这个。"老汉说："这是留着做种子的，我还不卖呢。"陕老用诱惑的眼光看着老汉，说："卖吧，我可以多出钱嘛。"老汉怀疑地问："多出钱？你能出多少？"

陕老说："二百两银子怎样？"

老汉的心嗵嗵直跳，有些不可思议地问："二百两？"他可从来没见过这么多银子，以为陕老在逗他玩，但看陕老那一本正经的样子，并不像在撒谎。

"难道还少了？那这样吧，我给你一千两，这是定金。"陕老说着，从随身携带的口袋里拿出一个五十两的银锭（熔铸成锭的白银。始自汉代，武帝时尝作白金三品，王莽亦铸有银货二品。其后历代虽有铸造，但流通不广。及至明清，始渐盛行，并作货币流通。银锭形式不一，有元宝、中锭、锞子、福珠四种。锭，dìng，做成块状的金属或药物等）递给老汉。

老汉看着亮晃晃的银子，不知怎么说才好，连连摆手。

"这钱不少了，你收下吧。"陕老把银锭硬塞到老汉的手中，老汉这时真是有点儿糊涂了。他的妻子忽然像是想起了什么似的，说道："卖就卖吧，我现在就去摘来。"

陕老连忙阻止她，说："别忙，别忙。这个黄果现在还不能摘，我今天带的银子不够。"

老汉问陕老："那你什么时候来摘呢？"

陕老走到长黄果的树下看了一会儿，掐着指头算了一番，说："再过一百天，整整一百天，我再来取黄果。你们一定要守着这个黄果，不准人来摸，也不能让鸟兽给吃了……"

老汉插嘴说："你只管放心！我这里平常也难得有一个人来。就怕被鸟兽给吃了，只要编个笼子罩住就行了。"

陕老连连摇头说："不行，不能罩住，这样会影响它生长。你们必须日日夜夜守着，要不然，到时候我就买不成你们的黄果了。"

老汉有些不解，问道："为什么呢？"

"唔，这个……以后再说吧！"陕老不想多说，老汉也不好再问。

陕老离开后，夫妻俩轮流守在这棵黄果树下，就是在夜里，他们也不敢闭着眼睛睡觉。老汉怀里那锭沉甸甸的银子，时刻在提醒他要忘记疲劳，坚守岗位。一想起日后将得到一千两银子时，老汉就忍不住激动，接着劲头十足。

一百天眼看就快到了，夫妻俩也被折腾得快要累倒了。守到九十九天时，老汉再也支持不住了，只想闭上那双发红的眼睛睡上一小会儿。老汉心想："已经守了九十九天，黄果应该早已经熟透了，也不差这一天。要是这一天不守，被鸟兽吃了，那岂不就前功尽弃（以前的成绩全部废弃，指以前的努力完全白费）了？"老汉思考了一会儿，最后决定把黄果摘下来，拿回家放着。

约定的时间到了，陕老如期而来。但是他没有带来一千两银子，只背来了一捆丝线打成的绳梯。他一进门就急切地问老汉："老人家，黄果怎么样了？"

老汉笑嘻嘻地说："已经熟透了，我昨天就把它摘下来了。"

陕老大吃一惊，急忙问："你把它摘下来了？快让我看看。"

老汉小心翼翼地将黄果捧了出来，这个黄果大得像南瓜一样，满屋香气。陕老看了一阵后，惋惜地说："就差一天，可惜这黄果的力气不足了。"

老汉还是不知道这黄果到底有什么作用，就问陕老："说来说去，你要这个黄果有什么用哟？"陕老指了指对面的瀑布，说："这个瀑布下面的深潭，里面有数不清的金银珠宝，就是没法子去拿。而这个黄果就是打开深潭的秘钥，可惜你把它摘下来早了一天，恐怕它的力气不够，打不开深潭了。但我们可以去试试，不能白忙一场。"

陕老说完，就抱起黄果，背着绳梯，来到瀑布下边的深潭边。夫妻俩跟着他一起，帮着他把绳梯捆在潭边大石上。陕老捧着黄果朝潭中央一丢，奇异的事情发生了：上面奔流不息的瀑布突然静止不流了，深潭里的水也一下子没了，只见一堆堆闪闪发光的金子、银子、珍珠宝石，像石头、砂子一样堆满潭底，中间还夹着很多大大小小的铁箱。

陕老手忙脚乱地将绳梯甩进潭里，一下子滑到潭底，非常迅速地把黄果拾起夹着，又提了一口小铁箱慌忙沿着绳梯爬上来。当他爬到一半时，忽然传来一声巨响，把老汉夫妻吓得目瞪口呆：原来上面的瀑布开始恢复了水势，正奔泻而来，下面的深潭也在一眨眼之间就涨满了水。等老汉夫妻反应过来，他们面前除了那架绳梯，已寻不见陕老的踪影了。

老汉呆愣了半天，长叹了一口气，拿出陕老给他的那锭已被摸得发亮的银子丢进了深潭中，转身对妻子说："这不是我们这种人应得的东西，留着没有一点儿用处。"

后来，人们就开始管这瀑布叫作"黄果树瀑布"。至于瀑布下面的深潭里是不是仍然堆满金银财宝，因为谁也没有找到打开它的钥匙，就不得而知了。

成长启示

看到陕老的下场之后，种黄果树的老汉将银锭扔进了深潭，因为他觉得那不是庄稼汉应得的东西。这种不为金钱所动、坚守本分、勤恳踏实的精神，实在令人敬佩！

要点思考

1. 陕老为什么要花一千两银子买一个黄果？

2. 种黄果树的老汉最后把银锭扔进了深潭，你赞同他的做法吗？为什么？

钱王射潮

导读

自古以来，钱塘江便以“钱塘潮”闻名于世。相传农历八月十八日，是潮神的生日，所以这一天潮峰最高。唐末，钱王治理杭州，为治钱塘水患，打算修建堤坝，但又因潮神作对，总是功亏一篑，于是钱王下令……

钱塘江位于我国浙江省，最终注入东海，其入海口的海潮即为钱塘潮，天下闻名。有诗云：“钱塘一望浪波连，顷刻狂澜横眼前。看似平常江水里，蕴藏能量可惊天。”

钱塘潮向来声势浩大，潮头既高，潮水冲击的力量又猛，因此钱塘江两岸的堤坝，总是这边才修好，那边又被冲毁了。“黄河日修一斗金，钱江日修一斗银。”由此可见，那时候，潮水肆虐，以致劳民伤财，当地百姓苦不堪言。

到唐朝末年，有个吴越王叫作钱镠(liú)的，勇猛无比，当时的人们都尊称他为“钱王”。

钱王治理杭州的时候，一切事务都处理得妥妥当当，就是这道钱塘江的海堤修不好。因为潮水一天一夜就要来上两次，这边刚刚修好海堤，那边紧接着就被冲毁了。因此，钱王手下的人很着急，都怕钱王发怒，只好报告钱王道：“大王，还是不修海堤了吧，反正也修不成的。因为钱塘江里面有个潮神在跟我们作对，每当我们把海堤修得差不多的时候，他就鼓起潮头，兴风作浪，把我们的海堤给冲垮了。”

钱王听了顿时火冒三丈，厉声喝道：

“你们这些废物！为什么不把那个潮神给我拖上来宰了？”

手下人慌忙说道：

“这可使不得，使不得，他是个潮神，在海水里面，是跟海龙王住在一起的呢！所以说，我们没法儿去找他。何况他来的时候，是随着潮水翻滚，在潮头的海水里面；我们凡人，是看不到他的真身的，更没法子捉拿他。人们就是乘着铁打的船去寻找，只要一碰到潮神鼓起的潮头，也会被吞没的。”

钱王听了，肺都要气炸了，大吼道：

“呸！难道就让这个小小的潮神任意妄为吗？不行！”

钱王冷静下来，想了一想，说道：

“好，让我亲自去降伏他。到八月十八这一天，给我召集一万名弓箭手到江边，我倒要去见见这个潮神！”

钱王为什么一定选八月十八这一天呢？原来，八月十八是潮神生日，这一天潮头最高，水势更是浩大，而且潮神会在这一天，骑着白马跑在潮头上面的。

八月十八很快就到了，钱塘江边搭起了一座大王台，钱王一早就到台上观看动静，等待潮神到来。可是从当地挑选出来的一万名精锐的弓箭手，一时之间却没有到齐，钱王嫌慢，就喝令他们必须立即齐聚到江边，排列好阵势。

这时有个将官走上前来，跪下禀道：

“禀告大王！弓箭手跑向江边来时，要路过一座宝石山，这个地方山路狭窄，而且高低起伏，只能容一人走过，所以队伍行进缓慢，因此来得慢了。”

钱王听了，叫道：

“糟糕！这样岂不要耽误了消灭潮神的大事！”他立刻骑上自己的千里驹，飞似的来到了宝石山前，一看，果然如此。他赶紧策马跑到山巅上面向四下望了望，只见这山的南半边有条裂缝。于是他坐了下来，把两只脚踩在山的裂缝处，用力一蹬。哗啦啦！这山竟然让他一下蹬了开来，中间出现了一条宽阔的道路。那些将士见了，全都高声欢呼起来！没多久，全部弓箭手就通过了这条大路，到江边聚齐了。

后来，这里就叫作“蹬开岭”，钱王的那一双奇大无比的大脚印子，直到今天，还深深地陷在石壁上面呢。

再说钱王，他下了山飞快地骑着马到处巡视了一番，等他再到江边的大王台上时，一万名弓箭手早就排好阵势，意气风发地拿着弓箭，望着江水。钱塘江沿岸的百姓，早就受够了潮水灾害，听说钱王要修堤治水，人人欢喜，争相出力！如今又听说钱王要射潮神，都争着观战助威。两岸百姓全部出动，几十里路长的江岸，黑压压地挤满了人。钱王见了这般声势，更加有信心了，他叫人拿来笔墨，写下了两句诗：

为报潮神并水府，

钱塘且借与钱城。

写完之后，钱王即刻把诗丢进江水里去，大声叱（chì，大声责骂）道：

“喂，潮神听好！如果你答应了，就不许让潮水涌来！假如你不答应，那就不要怪我手下无情了！”

岸上的百姓以及弓箭手听到，都大声欢呼起来，声响震天。大家都神色紧张地对着江水，观看动静。可是潮神并没有理会钱王的告诫。不一会儿，只见远远一条白线，迅疾而至，沿水面飞卷，愈来愈猛，愈来愈快，等到近时，就像冰山倾覆，大堆的雪团奔腾翻卷，直向大王台冲来。钱王见了，一声大吼，喝令："放箭！"话音一落，他率先嗖的一箭射了出去。

紧接着，万名弓箭手，万箭齐发，直射潮头。百姓们全都拍掌跺脚，呐喊助威。一万支箭射完了，又是一万支箭；一万支箭射了，还有一万支箭。嗖嗖嗖，接连射出了三万支箭，竟逼得那潮头不敢向岸边涌来。钱王又下令："继续射！"那潮头再不敢向前一步，只好弯弯曲曲地向西南遁（dùn，逃走）去，最后消失得无影无踪了。因此，直到今天，潮水一到六和塔边就快没有了；而在六和塔前面，江水曲曲折折地向前流去，像个"之"字，因此大家又叫这个地方为"之江"。

自钱王射潮之后，海堤才得以造成。百姓们为了纪念钱王的丰功伟绩，就把江边的海堤，叫作"钱塘"。

成长启示

钱王射潮的故事，不仅将声势浩大的钱潮奇观尽现我们眼前，也将钱王的勇武之举描述得淋漓尽致。钱王射潮之所以取得胜利，是因为不仅有钱王身先士卒、勇往直前的精神，还有众将士和百姓团结协作、万众一心的集体力量！

要点思考

1. 钱王为什么要射潮？
2. 试用自己的语言描述出钱塘潮的奇观。

缇萦上书救父

导读

因父亲获罪，年方十五岁的弱女子缇萦，挺身而出，愿意随父起解西入长安。她一路上不仅要照顾父亲的行程，更要上书皇帝，愿入官为奴，以赎父罪。她能凭借一己之力救出父亲吗？

淳于意是西汉时期的名医，医术精湛，有“神医”之名。司马迁在《史记》中，把他与扁鹊合并立传，即《扁鹊仓公列传》。

淳于意自幼就喜欢钻研医道方术，师从当时的齐国名医公乘阳庆，对于《黄帝内经》、扁鹊的《脉书》，都有深入的研究。淳于意曾担任齐国太仓令，也就是齐王府管理仓库的主管，由于职务清闲，又得公乘阳庆的真传，他的医术突飞猛进，虽然没有专职行医，却救人无数，渐渐有些小名气。

凡是有些本事的人，可能多半都有点儿桀骜不驯（性情倔强不驯顺。桀骜，jié'ào）的怪脾气，淳于意也属于这一类人。他给人看病是属于业余性质，所以经常不顾病人的请求，全凭自己的兴趣出诊，一般人自然无可奈何，但有些有身份的人则怀恨在心，一心想报复他。

终于有一次，淳于意无意间得罪了齐王府的丞相，于是祸从天降，被安上贪污渎职（不尽职，在执行任务时犯严重过失。渎，dú）的罪名，予以逮捕，即刻押往长安接受审判。

当时的皇帝是汉文帝，他提倡节俭，对贪污渎职之罪深恶痛绝，对此类犯人实施的刑罚，不是在他们脸上刺字，就是砍断他们的手脚，甚至处以死刑。淳于意被安上了这样的罪名，自然是非常害怕，一家老小也都吓得面无人色，哭成一团。

淳于意的一家老小，全都是女流之辈，因为淳于意没有儿子，一连生了五个女儿，长女、次女已经出嫁，只剩下三个女儿在家。淳于意无限伤感地对夫人说："我们只有五个女儿，紧要关头却没有男丁可以派上用场，真是悲哀呀！"

他最小的女儿名叫缇萦（tíyíng），年方十五岁，听到父母的谈话后，挺身而出，告诉父母自己愿意随父起解（qǐjiè，旧时指犯人被押送）西入长安，一路上可以照顾父亲的饮食起居。等到了长安之后，她要上书皇帝，愿入宫为奴，以赎父罪。

全家人觉得也只好如此了。汉文帝十三年秋天，父女俩收拾好简单衣物，在解差的催促下踏上了西去长安的路途。

淳于意虽然知道当朝皇帝是个圣明天子，然而他那住在深闺、年仅十五岁、未见过世面的女儿能够见到皇帝吗？她去面圣，有机会见到皇帝吗？就算见到了，皇帝会相信她的话吗？细细想来，这一切似乎没有什么希望，淳于意满怀绝望地走到长安，走进了大牢。

还在路上的时候，淳于意就反复检讨自己的言行，渐渐意识到自己之所以落到这个地步，都是自己的坏脾气惹出的祸端。因此一路之上，他利用在驿（yì）站休息的机会，为慕名求医的人诊治了不少疑难杂症。与此同时，缇萦也反复思索，写好了要上书皇帝的书状。

然而到了长安之后，父亲被投入大牢，这个只有十五岁的乡间女孩缇萦，在繁华的京城中立即觉得手忙脚乱，求告无门。她急得像热锅上的蚂蚁，东一头西一头，始终找不到面圣的办法。终于，有好心的官差告诉她，最近皇帝会外出打猎。

机会难得，但很显然，困难也有很多。试想皇帝出猎，必定是车马众多，旌旗蔽空（旌旗繁多遮蔽天空。比喻军队阵容的盛大壮观。旌，jīng），随从如云，行动如风驰电掣（形容像刮风和闪电那样迅速。掣，chè），一个弱女子要想阻拦圣驾，上书救父，简直是痴心妄想。

另外，阻拦圣驾罪名很大，唯一的后果就是杀头抄家。倘若触怒了皇帝被认为是刺客，会被立即格杀，什么上书救父，都会变成泡影。但是缇萦想就算拼得一死，也打算去救父亲。她定好时间，认真地准备上书行动，并选定灞桥作为她上书的地方。

这一天清晨，秋风瑟瑟，一个孤零零的身影出现在大街上，只见她衣衫单薄、愁容满面，双手高举预先准备好的书状，像一座静静的雕像一样跪在路中心。她就是缇萦，此时此刻，她正静待皇帝车马的到来。

远处车马喧嚣，尘土飞扬，皇帝的车马终于渐渐出现在缇萦眼前。左右武士像拎一口布袋似的，把瘦小的缇萦押到皇帝跟前，汉文帝看到这个泪流满面的弱女子，怜惜之心瞬间涌起。他吩咐左右接过她的书状，并不许武士为难她。

汉文帝展开书状，见上面写道："妾父为吏，齐中皆称其廉平。今坐法当刑，妾伤夫死者不可复生，刑者不可复属，虽复欲改过自新，其道无由也。妾愿没入为官婢，愿赎父刑罪，使得自新。"

汉文帝看完之后，十分同情这个小姑娘，又觉得她言之有理，就召集大臣们，说："犯罪当罚，这是正理。可是受了罚，也该让他能改过自新才是。现在惩办一个犯人，在他脸上刺字或者让他变成残疾，这样的刑罚怎么能劝人向善呢。你们商量一个办法来取代刑罚吧！"接着，皇帝当面赦免了缇萦父亲的罪，第二天就下了一道诏书，将淳于意无罪释放。

能毫发无损地从大牢里出来，淳于意真是喜出望外。父女俩出了长安，双双遥望皇城，叩谢恩典，然后便一同返回家乡。从此以后，淳于意专心济世救人，他一改旧习，凡是有病之人上门，随到随看，殷勤周到，病人和家属们全都对他赞不绝口。而缇萦上书救父的孝行，更是传遍天下，留下千古美名。

成长启示

这篇故事通过讲述"缇萦上书救父"最终使明君汉文帝废除酷刑的故事，展示给我们一个有勇有谋的小女孩儿的形象，让我们不由得为她的胆识和孝心而折服。淳于意之所以获罪，也与他孤傲的性格不无关系，被赦免后，他一改旧习，谦逊有礼，这种知错能改的态度值得我们学习。

要点思考

1. 淳于意是因为什么罪名被逮捕的？在当时，大概会受到什么惩罚？

2. 对于故事中的缇萦，你对她的情感和态度，是欣赏更多，还是同情更多，为什么？

颜回输帽子的故事

导读

孔子一生弟子三千，颜回是他最得意的门生，他对颜回称赞最多，赞其“好学”“仁人”。颜回十四岁拜孔子为师，终生师事之。颜回也并不是一开始的时候就这样尊崇孔子的，但自从发生了下面的事后，颜回自此一生都在追随孔子，不曾离开。

颜回是孔子的得意门生，因为他热爱学习，品德高尚，很受孔子的器重。

有一天颜回上街办事，见一家卖布的店铺前围了很多人。他好奇地走上前去，一问身边的人，才知道是买布的人在跟卖布的店主吵架。

买布的人大叫：“三八明明是二十三，你这黑心的商家，为什么跟我要二十四个钱?”

颜回听得直摇头，走到买布的人跟前，施了一礼，说：“这位大哥，你算错了，不要跟店主争吵了。三八明明是二十四，怎么会算出二十三呢?”

买布的人不相信他的话，气势汹汹地指着颜回的鼻子说："你是谁？谁用你出来评理的？我就是要评理也只找孔夫子，他说我算错了才有用，你说的没用！走，咱们去找孔夫子评理去！"

颜回笑着说："好，既然你认可孔夫子，那就去找孔夫子评评理。如果孔夫子认为你算错了怎么办？"

买布的人倔强地说："孔夫子要是说我错了，我就输上我的头。要是孔夫子说是你错了呢？"

颜回胸有成竹地说："如果孔夫子说是我错了，那我就输上我的帽子。"

二人便找到了孔子评理。孔子问明了他们的情况，笑着对颜回说："颜回，你认输吧，三八就是二十三啊！你把帽子取下来给人家吧！"颜回心中虽然有些不解，却从来不跟老师顶嘴。听孔子说是他错了，就老老实实地摘下帽子，交给了买布的人。买布的人接过颜回的帽子，得意扬扬地走了。

颜回对孔子的评判表面上听从了，可心里却实在想不通。认为孔子可能是年纪大了，有些糊涂了，便不想再跟着孔子学习了。就对孔子说家中有事，要请假回去。

孔子明白颜回没有想通，也不挑破，就准了他的假。颜回临行前跟孔子告别，孔子嘱咐他办完事要立即返回，并送了他两句话："千年古树莫存身，杀人不明勿动手。"颜回应声"记住了"，便离开了。

颜回走在半路上，原本晴朗的天空，突然雷鸣电闪，大雨顷刻而至。颜回看见路边一棵大树的树干上正好有一个大洞，于是就迅速钻进去，想避避雨。他刚钻进去，猛然想起孔子那句"千年古树莫存身"的话，心想，虽然以后不做师徒了，最后一次听他的话吧，便从树洞中走了出来。没想到，他刚离开不久，一个雷就把那棵古树给劈倒了。颜回大惊失色，没想到老师的第一句话应验了！他想想第二句话“杀人不明勿动手”：难道是说我还会杀人吗？颜回心里又惊又怕，急忙往家赶。

深夜的时候，颜回才赶到家，他没有惊动家人，就用自己的佩剑，拨开了妻子住室的门闩。颜回到床前一摸：呀！南头睡个人，北头睡个人！没想到妻子竟然趁自己不在家做出如此丑事！颜回怒不可遏（愤怒得不能抑制，形容愤怒到了极点。遏，è），举剑就要砍下去，忽然又想起孔子的第二句话“杀人不明勿动手”。于是，他把灯点亮了一看，床上南头睡的是他妻子，北头睡的是他妹妹……

第二天天一亮，颜回又回到了孔子那里，见了孔子便跪下说：“老师，您昨天那两句话，救了我、我妻子和我妹妹三个人啊！我不明白的是，您事前怎么会知道要发生这些事呢？”

孔子扶起颜回，说：“昨天天气闷热，我估计会有雷雨，怕你在树下避雨，因而就提醒你‘千年古树莫存身’。昨天你是带着怨气走的，身上还佩带着宝剑，怕你遇事不冷静，因而我告诫你‘杀人不明勿动手’。”

颜回深深弯腰，向孔子鞠了个躬，说：“老师料事如神，学生万分佩服！”

孔子对颜回说：“我知道你请假回家是个借口，以为我老了，变得糊涂了，不想再跟着我学习。对你跟人打赌的事，你应该好好想想：虽然我说三八二十三是对的，让你输了，你最终输的不过是顶帽子；我如果说三八二十四是对的，那个买布的人就输了，那他可是输掉一条命啊！所以，我就是知道三八二十四是对的，也不能说对，你说是你的帽子重要还是人命重要呢？”

颜回这才恍然大悟，跪在孔子面前，说：“老师重大义而轻小是小非，学生羞愧，还以为老师年事已高而不辨是非了呢！学生真是无地自容啊!”此后，颜回一生都追随着孔子，无论孔子去到哪里，颜回都没再离开过他。

成长启示

孔子一生坚持“仁爱”思想。他身为一代巨儒，岂能不知“三八二十四”?但事关生死，孔子不顾自己和弟子的名誉，也要保护一个陌生人的生命。这种仁爱之心和襟怀气度令人敬佩，也最终赢得了弟子颜回的尊重和信服。

要点思考

1. 孔子为什么要判定弟子颜回输了?
2. 颜回是怎样回心转意的?从他身上你看到了哪些优点?

慈禧相国寺受辱

导读 开封相国寺方丈智清侠肝义胆，机智多谋，他巧施妙计，既帮助了全城百姓，又讽刺了慈禧太后，为国家出了气，还解救了自己。

北京城被八国联军攻陷的时候，西太后慈禧带着光绪帝和王公大臣逃到了西安。她一边命李鸿章去跟洋人议和，哪怕割地赔款、签订丧权辱国的条约，也要讨得洋人的欢心；一边又毫不留情地下令，让清军绞杀义和团。

条约签订后，八国联军终于退出了北京城，于是，慈禧便动身返回北京。途经古城汴梁（元朝至明朝初期对开封的称呼，清时为开封府）时，她一时兴起，要带光绪帝和众大臣去当地的名寺——相国寺，降香礼佛。

得知慈禧老佛爷要来的消息，开封知府慌了起来，立即张贴告示："太后、圣上驾到，凡銮驾经过的街道须用红毡铺地、门上挂彩；全城百姓务必出动，头顶明烛，在路旁跪迎；无论富贵贫贱，每人需交白银二两，以备为老佛爷进礼。如有抗命不从者，严惩不贷。”全城百姓叫苦连天，只好去相国寺进香拜佛，祈祷菩萨保佑能够免除这场灾难。

相国寺的方丈法号智清，五十多岁，侠义慈悲，机智多谋。他向知府请求，只要能免除全城百姓每人二两白银，他愿意向老佛爷献出镇寺之宝。知府听了智清的请求后，不由得想：开封百姓大多贫苦，又被历任知府搜刮了不知多少遍，确实是榨不出什么油水了，这智清和尚倘若能把镇寺之宝献出来，倒也是一份大礼。于是，他就顺水推舟答应下来。

慈禧领着大队人马进了开封城，全城百姓在路旁跪迎。慈禧乘着八抬大轿径直朝相国寺而来，智清方丈身披红袈裟，早已率寺内众僧跪在山门迎接。

慈禧在太监李莲英的搀扶下出了轿，见众僧跪在地上迎驾，就说：“自家子弟就不必行俗礼了，都平身吧！”慈禧为什么会把智清和众僧称为自家子弟呢？原来，她笃信（忠实地信仰。笃，dǔ）佛法，自称奉了天命的老佛爷，所以，她对佛门的僧人皆称自家子弟，其他人也都称她为“老佛爷”。

智清等慈禧落座后，忙跪倒在地，说：“阿弥陀佛，今日老佛爷驾临，敝寺真是蓬荜生辉（谦辞，表示由于别人到自己家里来或张挂别人给自己题赠的字画等而使自己非常光荣。蓬荜，péngbì），贫僧现将镇寺之宝进献，请老佛爷观赏。”

慈禧喜上眉梢，只要是听到有人向她献宝，她心里就高兴。李莲英疾步走到智清面前，说道：“方丈慧心可嘉，就请将宝呈上吧。”

不一会儿，只见两个健壮的僧人抬着一个盖着黄绫的红漆木桶走了上来，小心翼翼地把木桶放在西太后面前。慈禧见珍宝如此沉重，更是好奇，只见智清走到慈禧面前说：“敝寺自开山门已有一千多年，佛门鼎盛，寺内弟子得以安心念佛诵经，下山普度众生，全仗此宝庇护。今将此宝献给老佛爷，望老佛爷笑纳。”

慈禧听了大喜，忙说：“你我都是佛门弟子，而这又是寺中珍宝，我岂能不珍爱？”李莲英对智清说：“既然老佛爷珍爱此宝，何不揭开黄绫让老佛爷一睹为快？”智清揭开了盖在木桶上的黄绫。众人一看，原来是满满一桶黄土，土中长着一堆姜芽，不由得瞠目结舌（瞪着眼睛说不出话来，形容受窘或惊呆的样子。瞠，chēng）。慈禧神色大变，勃然大怒道：“智清，这就是你的宝物？”智清不慌不忙地跪下，说：“回禀老佛爷，此乃一桶姜山。”

“一桶姜山”谐音是“一统江山”。智清进献此物的用意，便是讥讽慈禧垂帘听政，自己独揽大权，架空帝权，并且卖国求荣，使得河山破碎，民不聊生。在场的光绪帝和王公大臣全都又惊又怕，暗暗为他捏一把汗，谁都没想到小小的智清方丈敢如此戏弄西太后，开封知府更是吓得魂不附体，浑身发抖。

慈禧不愧是执政多年的人物，虽然恼怒不已，却强装笑脸对智清说道：“既然你费尽心思献出此宝，我就把它收下。不过此宝过重，这里离京路途遥远，不方便携带，还是暂时留在贵寺，日后再派专人将它运回京城。”慈禧虽然嘴上这样说，心里却已经恨不得杀了他，智清见慈禧目露凶光，知道慈禧动了杀机，却也并不理会。

接下来，慈禧一行便开始降香礼佛。慈禧来到大雄宝殿，她一眼便看见殿门上方匾额上的四个大字——“古汴名蓝”，心想：真乃天赐良机！今日，本宫就让你这秃驴死在眼前。

慈禧指着匾额上的四个大字，面向智清方丈问道：“智清你知罪吗？”智清一看匾额，马上明白了慈禧的动机，但他故作不知，回答道：“贫僧学识浅薄，请老佛爷明示。”李莲英早知太后之意，没等慈禧开口，便立即上前喝道：“大胆秃驴，竟敢犯讳！来人！将他拿下，请老佛爷发落。”

为什么说匾额上的字犯讳呢？原来匾额上的“古汴名蓝”四个字翻译过来就是“古城汴梁名寺”，佛经上把众僧居住的地方称作“伽（qié）蓝”，简称“蓝”。巧的是，慈禧的乳名叫“蓝儿”，按照封建礼教的规定，凡是帝王姓名所用的字，民间不可擅自使用，必须用别的字代替，这叫避讳。所以，大雄宝殿匾额上的“蓝”字正重了慈禧的名字，这岂不犯了弥天大罪？（慈禧的乳名实际上叫“杏儿姑”，她进宫后，咸丰皇帝初封其为兰贵人。很多笔记小说误以为“兰儿”是她的乳名，民间流传的故事也是据此。——编者按）

这时，慈禧走到智清面前，装出一副惋惜的口吻，说道：“你我都是佛门中人，我本不愿降罪于你，可国法难容。因此地是佛门圣地，我不想开杀戒，赐你自裁。大殿前正好有放生池，你就投池吧！”

智清整整袈裟，对天遥拜。没有回慈禧的话，之后，缓步走到放生池边，纵身跳了进去。慈禧亲眼看见智清投池，微微一笑。可就在她起身离开之时，放生池内爬出一个人来，慈禧以为是什么怪物，仔细一看，原来是智清。她不由得大怒，喝道：“大胆智清，竟敢违抗懿旨（指皇太后或皇后的命令。懿，yì）！来人……”慈禧还没有说完，智清已浑身湿淋淋地走到她面前，说道：“贫僧不敢违旨，刚刚走到奈何桥上，贫僧就被一个人拦住了，只好又回来了。”

慈禧冷笑一声，问道：“何人如此大胆？竟敢让你违抗本宫之命。”智清从容答道：“回禀老佛爷，此人不是别人，乃先帝乾隆爷。乾隆爷亲口告诉贫僧，此匾额是他亲笔所题，与贫僧无关，不能让贫僧枉死蒙冤，故叫贫僧返回阳间。”

慈禧心里是不相信的，见智清说得头头是道，也疑惑起来，忙问道：“既然你说是先帝所题，那为何匾额上不见先帝落款？”

智清说：“想当年乾隆盛世，国泰民安，朝臣皆服。乾隆爷为体察民情，曾到开封来敝寺降香。他见鄙寺香火旺盛，众僧安心礼佛，一时兴至，便亲题匾额。只因乾隆爷是微服出访，故不便留名。”

慈禧听智清说得头头是道，不由得又信了几分，又问道：“先帝既是微服出访，你又怎知是他御笔呢？”

智清说：“敝寺原本是不知的，后来，乾隆爷在太和殿召见河南巡抚时曾提及此事，河南巡抚特来敝寺告知，并嘱咐敝寺将此匾额高悬于大雄宝殿上，方以光耀千秋。”

慈禧听了转头问随驾的开封知府：“智清此话当真？”开封知府慌忙答道：“确实如此！此匾额确系先帝所题，开封府志上有记载，臣马上回去取府志，请老佛爷垂阅。”

慈禧自觉追查下去也是自讨没趣，就挥一挥手说：“算了吧，退下！”李莲英见主子进退两难，忙解围说：“方丈别介意，刚才不过是老佛爷给你开了个玩笑，试试你的心意。”

智清听李莲英这么一说，知道自己安然无恙了，却不想就此放过慈禧，又接着说：“乾隆爷还说，不知哪个不肖子孙竟和老祖宗开起玩笑来了，连他的字也不认识了，贫僧无言以对。”

慈禧明知是智清假借先帝之口辱骂自己，但又无法求证，只能无言以对，一时非常狼狈（形容困苦或受窘的样子。狈，bèi）。

智清已经让慈禧在光绪帝、王公大臣和开封百姓面前大丢脸面，也算是为百姓出了一口恶气，心知再继续折腾下去，恐怕就不好收场了。想到这里，他就对慈禧说：“乾隆爷另有嘱咐，让贫僧告知老佛爷，列祖列宗创业不易，他把‘蓝’字赐予太后，要你上应天命，下顺民心，一统江山。”

慈禧明知智清话中有话，但只好顺着台阶下来，说：“本宫决不负先帝厚望，今将御匾给贵寺留下，‘蓝’字由本宫带走，永远留在身边，时刻提醒自己。”

慈禧心里气得直蹿火，偏偏不能发作。她万万没有想到，自己堂堂一国皇太后，竟被一个小小僧人戏弄，真是何苦来哉！至此之后，相国寺大雄宝殿的匾额上就只剩下“古汴名”三个字了。

成长启示

在这个故事中，智清巧妙地让慈禧太后丢了面子，却只能哑口无言。他让我们看到了智慧的巨大力量。这也教会了我们在与恶势力做斗争时，不要用蛮力，要善用脑力，打击对手的同时注意保全自己。

要点思考

1. 相国寺的“镇寺之宝”是什么？它的寓意和用意是什么？
2. 慈禧受辱相国寺，为何明明气得咬牙切齿却无可奈何？

苏东坡画扇判案

导读

一代文豪苏东坡，诗文书画俱佳，为人机智幽默，为官爱民如子。在他赴任杭州刺史那一天，便遇上了一个棘手的案子。告状的两人各有冤屈，各有道理。但这可难不倒苏东坡，只见他大笔一挥，只用一会儿工夫，便让原告和被告皆大欢喜。

用未见其人先闻其声的形式开篇，独特新颖。

“大才子苏东坡要来杭州做刺史了！”这个消息一传出，整个杭州城都兴奋了起来，刺史衙门前面每天都挤满了人。杭州百姓都想看一看大才子苏东坡上任的红纸告示，听一听他升堂的三声号炮……

大家还没等来告示和号炮，就见两个人互相扭打着来到衙门口，把那堂鼓擂得震天响，吆喝着要找新刺史告状。衙役呵斥道：“要打官司过两天再来吧，新老爷还没上任呢！”那两个人正在气头上，也不听衙役的拦阻，硬是要闯进衙门里去。

就在这时，衙门的照壁那边忽然钻出一头小毛驴来。毛驴上坐着一个汉子，头戴方巾，身穿道袍，紫铜色的面孔，一脸络腮胡子。他嘴里说："让条路，让条路！我来晚了，我来晚了！"小毛驴穿过围观的人群，径直往衙门里面走去。衙役们赶上前去，想揪住毛驴尾巴，那毛驴早已经闯进去了。

大胡子把毛驴拴好，大步跨进大堂，在正中的座位上坐下来。衙门里的师爷见他这副大大咧咧的模样，还以为是个疯子，就跑过去喊道："快起开！这是刺史大人的官座呀，随便坐上去要杀头的呢！"

大胡子听罢，哈哈大笑："真有这么厉害？那我可要试试！"

师爷说："当然厉害了！这个座位是要带金印子的人才能坐哩。"

"真巧，你说的这东西我也有一个。"大胡子从袋子里摸出一颗亮闪闪的金印子，往案桌上一放。师爷见了，吓得舌头吐出三寸长，半天缩不进去。原来这大胡子就是新上任的刺史大人，传说中的大才子苏东坡啊！

苏东坡出场，实在不同凡响！作者通过生动形象的外貌、动作、语言描写将苏东坡洒脱、幽默、特立独行的特点刻画得细致传神，妙趣横生。

苏东坡自己前来走马上任，没来得及贴告示，也没时间放号炮，便叫衙役让门外那两个要告状的人进来。

二人在堂上跪下之后，苏东坡一拍惊堂木，问道："你们两个叫什么名字？谁是原告？"

两个人连忙磕头。一个说："我是原告，叫李小乙。"另一个说："我叫洪阿毛。"

苏东坡问："原告李小乙，你要告洪阿毛什么状？从头说来。"

李小乙回答说："我做工攒下了十两银子，两个月前，把这十两银子借给洪阿毛去做生意。我和他本是关系要好的邻居，借银子时说得明白，不收利息，但我什么时候要用了，他就得什么时候还我。现在有人给我介绍了一房媳妇，我急需银子前去提亲，可他非但不归还我的银子，还打我！"

苏东坡转过身来，问洪阿毛："李小乙说的可是实情？你为什么欠债不还，还要殴打债主？"

洪阿毛说的这些理由能不能成为他不还钱的借口？现实中你要是遇到这样的朋友，该怎么跟他相处？

洪阿毛一听，吓得赶紧磕头，辩解道："青天大老爷呀，我做小本生意是要看时令的，我向他借十两银子，在立夏前就想贩卖扇子。可谁也没想到，都过了端午节了，天还是很冷，人家身上都还穿着夹袍呢，谁肯买我的扇子！这几天又接连下了几天雨，扇子放在箱里都发霉了。我实在是没有银子还债呀。我给他解释情况，他还骂我，我一时着急打了他一拳，可不是存心要打他啊！"

苏东坡听完二人的话，再看看跪在堂上的二人，说："李小乙娶亲的事情耽误不得，洪阿毛就该马上归还他的十两银子。"

洪阿毛不禁叫起苦来："青天大老爷呀，我

也知道要还给他，可是我实在没有银子还债呀！”

苏东坡捋（lǚ）捋茂密的大胡子，继续说：“洪阿毛做生意亏了本，实在拿不出钱来。李小乙这娶亲的银子也急用，还需要另想办法。”

李小乙也叫起冤来：“大老爷呀，我好不容易才攒下这十两银子，就指着它娶媳妇呢！”

苏东坡笑了笑，不紧不慢地说：“别着急，都别着急。洪阿毛，你马上回家去把那二十把发霉的折扇拿回来，交给我，这场官司就算你们两清了。”

判案如此神速，足见苏东坡胸有成竹。同时，苏东坡的话在此也一下子引发了读者的疑问，瞬间调动起读者的阅读兴趣。

洪阿毛一听这事好啊，高兴坏了，一溜烟跑回家里，拿着二十把发霉的折扇交给了苏东坡。苏东坡将折扇全部打开，分摊在案桌上，又细细地磨好浓墨，拿出毛笔饱蘸墨汁，把折扇上那大块的霉印子，画成假山盆景；霉印小点儿的，画成松竹梅岁寒三友（松、竹、梅经冬不衰，因此有“岁寒三友”之称），一会儿工夫，就把这发霉的二十把折扇全画好了。

苏东坡拿出十把折扇，递给李小乙，说：“你娶媳妇的十两银子，就着落在这十把折扇上了。你拿着它到衙门口外面叫卖‘苏东坡画的折扇，一两银子一把’，应该很快就能卖完。”

苏东坡又把剩下的十把折扇给了洪阿毛，对他说：“你也拿着这十把折扇到衙门口去卖，卖得十两银子就当你做生意的本钱吧。”

两个人千恩万谢地接过扇子，虽然心里存疑，可刺史大人的话不能不听。他们两个刚刚跑到衙门口外面，只喊了两声，二十把折扇就被周围的人抢着买走了。李小乙、洪阿毛二人各捧着十两银子，冲着衙门的方向磕了个头，兴高采烈地回家了。

自此之后，苏东坡画扇判案，便成了杭州百姓津津乐道的一件趣事，流传渐远，直到今天还有人在讲呢。

成长启示

苏东坡能为普通百姓欣然作画，从而解决了他们的燃眉之急，从这件事我们可以看出，苏东坡是个同情弱者、关心民间疾苦的人。同情弱小体现了一个人高尚的情操。做一个有同情心的人吧，对身边有困难的人提供力所能及的帮助吧。

要点思考

1. 在这个故事中，苏东坡是如何出场的？从这里我们能看到苏东坡的什么性格特点？

2. 苏东坡为什么要“画扇”？他是如何“画扇”的？

“铁公鸡”找牛

导读

一毛不拔的“铁公鸡”，家里的牛钻进山洞里出不来了，只露出了一根牛尾巴在外面。这可愁坏了这个视财如命的守财奴，无奈之下，他想出了一个办法……

吉祥寨是个侗（Dòng）族聚居的寨子，这个寨子的寨主名叫聂恭禧，拥有万贯家财，千顷良田，为人却非常吝啬，真是爱财如命，一毛不拔，熟悉他的人给他起了个外号叫“铁公鸡”。

农历十月，刚打完谷子，“铁公鸡”要挖茶山，就请了十几个长工来干活儿。长工们当牛做马地给他干活儿，吃的饭菜却是喂猪狗的残羹剩饭，更可恶的是天不亮就要起，半夜还不让睡。长工们很是气愤，就常常在茶山上干活儿时睡觉，消极怠工（故意不积极工作，使工作效率降低。怠，dài）。

“铁公鸡”家里有个十来岁的放牛娃，名字叫阿胞，是个孤儿，给“铁公鸡”放着十几头耕牛。别看阿胞人小，却很聪明，他白天和长工们一起上山，晚上和长工们睡在一块儿，长工们对他都非常疼爱。

长工们上山后，又准备像往常一样休息一会儿，阿胞献殷勤般地说道："叔叔伯伯们，你们放心睡吧，我来给你们放哨。如果'铁公鸡'来了，我就学竹鸡叫，你们听见了，就赶快起来。"大家都连声说好，有这个聪明的小子站岗，长工们更加放心，于是他们安心地睡起了回笼觉。

"铁公鸡"一心只想着自己发财，对长工们很吝啬，压榨得也很厉害，连饭也不给吃饱，长工们都瘦得皮包骨头了。过了几天到了山上，大家又议论起来："再这么下去，别说干上一个月，半个月我们都要没命了！"

"是啊，我现在最想的是打牙祭（原指每逢月初、月中吃一顿有荤菜的饭。后泛指偶尔吃一顿丰盛的饭）啊！"

"肚子都填不饱，还想打牙祭，你别白日做梦了！"

阿胞这时候也凑了过来，好奇地问道："叔叔伯伯们，打牙祭吃'铁公鸡'的牛肉行吗？"

大家一听都笑起来，有人说："阿胞呀，你小子还真敢想啊，莫说打牛肉牙祭，就连一根牛毛你也休想得到，你不知道'铁公鸡'是一毛不拔的吗？"

阿胞小小的脸上却现出认真而神秘的神情，小声说："叔叔伯伯们，我有一个主意，能让大家打个牛肉牙祭。"接着，他把想法说了出来。长工们听过后都表示同意，他们商量妥当，准备明天就动手。

第二天天还没亮，阿胞与长工们就上了山，他们这次来时还带着斧头与铁锅。然后，大家在山林最深处宰杀了一头大黄牛，美美地饱餐了一顿，痛痛快快地打了个牛肉牙祭。

无缘无故丢失了一头牛不是小事，为了能让“铁公鸡”不找他们的麻烦，长工们也做好了安排，吃完后便依计而行。

太阳快要落山的时候，阿胞赶着牛群回来了，关好牛群之后，他急忙哭丧着脸跑到“铁公鸡”面前报告：“东家，东家，大事不好了！”

“铁公鸡”忙问：“出什么事了？快说！”

阿胞急切地说：“有一头牛钻进后山的山洞出不来了！”

“铁公鸡”不信，牛怎么会钻山洞呢，就问道：“会有这种怪事？”

阿胞显得有些委屈地说：“是啊，东家！这样大的事情我能骗你吗？你要不信，我带你去看就是了！”

天色已晚，山路又不好走，但“铁公鸡”本就爱财如命，怎么会舍得丢失一头牛，就说：“快，快带我去！”

阿胞带着“铁公鸡”往后山里跑去。他们终于来到一个陡峭的峡谷里，“铁公鸡”还真的看到一头牛钻进了一个狭窄的石洞中，牛头从石洞的一个出口冒了出来，身子卡在石洞里看不见，但牛尾巴还留在洞外。

大黄牛见了阿胞与“铁公鸡”，哞哞地直叫起来。阿胞向“铁公鸡”哭诉：“今天下午，有两头大黄牛不知怎么回事就顶起角来，两头牛都顶急了眼，一头大黄牛追着顶这头，追得它没处去了，正好看见这个石洞，它就拼命钻了进去，没想到洞太小，头挤了进去，身子也勉强挤进去了，却卡在洞里动弹不得。它使劲挣扎着，头从洞的另一个出口冒出来了，但身子却出不来了。你看它好生着急，尾巴还在不停地动呢！”

事实上，这头大黄牛早已被他们打牙祭了，只留下牛头和牛尾巴，露在石洞外面骗“铁公鸡”。藏在洞里的长工，一个晃着牛头，一个摇着牛尾巴，还得装牛叫。由于石洞非常狭窄，洞口也很巧妙，看上去确实很像一头牛钻进了石洞，而把头和尾巴留在了洞外。

“铁公鸡”听完，看着这牛头和牛尾巴，心里还是有些怀疑。当他走近这牛头，伸手要摸牛角时，那牛又哞哞地大声叫唤起来，像是在向主人寻求帮助。这时，“铁公鸡”才真相信：这头牛的确是钻进石洞出不来了。

“铁公鸡”看天色已经越来越晚，若不赶紧把牛救出来，让牛在山里过夜的话，肯定要被野兽当晚餐吃了。他心想：反正有十几个长工，本就是给他干活儿的，就是拖也要把牛拖出石洞！于是他要阿胞赶紧去把长工全喊来。

阿胞飞跑出去，把长工全喊来了。“铁公鸡”大声吆喝：“你们都看见了吧，牛钻进山洞出不来了。不过，它既然能进得去，也就可以出得来的，要是出不来，我们就使劲拽它出来。你们一个接一个地站好，听我的命令，我喊一二三，你们就一齐用力猛拽，听清了吗？”

大家齐声答道：“听清了！”

在这陡峭的峡谷边，“铁公鸡”指挥长工们摆开了一字长队，第一个长工拖着牛尾巴，后面的一个接着一个，“铁公鸡”站在最后头，紧紧拉住最后一个长工的裤腰带。阿胞就在前面牵着牛缰绳。铁公鸡用尽力气喊道：

“一，二——一，三！”

大家一齐用力，只听得一声响，牛尾巴被扯断了，人们个个跌得仰面朝天。而“铁公鸡”的后边正是悬崖峭壁，万丈深渊，他这一跌就滚下了悬崖，摔了个粉身碎骨。

成长启示

“铁公鸡”找牛，最终命丧黄泉，下场可谓悲惨。如果他不是那么爱财如命，如果他待长工能够宽厚仁慈一些，可能就不会落得如此下场。“铁公鸡”的遭遇，对于那些靠压榨别人来谋取财富的人来说，实在是一个血淋淋的教训。

要点思考

1. “铁公鸡”为什么会相信牛钻进山洞被卡住了？你觉得这个谎言有什么破绽？

2. 你怎么看待“铁公鸡”的下场，为什么？

黑龙江的故事

导读

黑龙江不仅是我国的一个省，还是亚洲一条大河的名字，它位于亚洲东北部，流经蒙古国、中国、俄罗斯，是中国四大河流（黑龙江、黄河、长江、珠江）之一、世界十大河之一。关于它的起源，流传着这样一个动人的故事。

古时候，小坞（wù）沟还是个只有几户人家的小村子。村子东边的一间草屋里，住着李老好和他的妻子，两口子又勤快又节俭，日子过得倒是很宽裕。只是他的妻子都三十多岁了，还没生下一儿半女，一提这事儿，两口子心里就不舒服。

终于有一天，李老好的妻子成功地怀孕了，李老好高兴得眼泪都流出来了。从那天开始，他就不让妻子做饭，不让妻子下地干活儿，每天都细心呵护着她，生怕有个闪失（意外的损失；岔子）。就这样侍候了十个月、十二月……

到了要怀满二十四个月这天，天阴沉沉的，风大雨急、电闪雷鸣，一大早，李老好的妻子就肚子疼得满地打滚儿，看来是要生了。可是过了很久，他妻子的肋下慢慢裂开了一道缝儿，从里面钻出一条小黑龙来。小黑龙在床上扑扑摇摇，身子越长越大。他妻子一看，心神受到了刺激，竟被吓死了。

李老好一心盼着能生个大胖小子，没想到，到头来却生了个怪物，相伴多年的妻子也被吓死了。李老好真是又生气又难受，扬起拳头向小黑龙砸去。

小黑龙非常有灵性，没等李老好的拳头砸到身上，就呼地跳起，把身子盘在房顶横梁上，摇头摆尾，好像是和他爹爹捉迷藏。李老好气急了，顺手摸出一把镰刀，狠狠地向小黑龙砍去。小黑龙头一歪，身子一扭，可尾巴却没有及时躲开，一下子就被削掉了。

小黑龙忍着疼，蹿出屋门，跃上半空。在天上转了好几圈，不肯离去。他心里非常难过，刚一落地，还没来得及看他娘一眼，还没在家里住上一天呢，他爹爹就容不下他，要劈死他了。但转念一想：这也怪不得爹爹，人和龙本来就不是同类，这里也不是自己该住的地方。想到这里，小黑龙朝着屋门点了三下头，算是向爹娘拜了三拜，就腾云驾雾，一步三回头地向着东北方向飞去了。

小黑龙飞了几千里，低头看见地面上有一条弯弯曲曲的江水，这条江不宽，倒是很长，水面波光粼粼，两岸高山耸立，草木郁郁葱葱，真是个安身的好地方。于是，他就一头扎进了水里。

小黑龙看中的这条江叫白龙江，里面住着一条白龙。这时，白龙正在府中养神，听到有水声，就游出府门，见一条秃尾巴黑龙闯进来，就勃然大怒："好个没有尾巴的黑小子，竟敢不请自来，侵我洞府。"他一下蹿过去要抓小黑龙。小黑龙急忙闪身一躲，也生气了，说道：“你这条野蛮的白龙，见有客人来，不以礼相待，不邀我同住倒也罢了，还要以武力相欺，真是好没道理。”说着两条龙就在江底打了起来。

小黑龙出生没多久，力气尚小，又没有战斗经验，没过几个回合，就累得气喘吁吁，体力不支了。他虚晃一爪，抽身跃出水面，变作一个黑衣少年，落荒而逃（形容吃了败仗慌张逃跑，或离开战场或大道，向荒野逃去）。

小黑龙闷闷不乐地走进了深山，边想着心事边往前走，忽然，脚下被绊了一跤。他低头一看，地上正躺着一个五十多岁的老人，身边还放着药铲、褡裢。小黑龙趴下身子，贴着老人的胸口一听，发现还有心跳声，就赶紧到山泉边捧了些水来，对着老人的嘴，把水慢慢地喂进去。很快，那个老人就醒了过来。他睁开眼，看见一个英俊的黑衣小子站在面前，心里就明白了是怎么回事。

老人扶着地艰难地爬起来，对着小黑龙就要下跪。小黑龙急忙拉住他，诚恳地说：“老人家，千万不要这样，救人解难是做人的本分。倒是您，怎么会躺在这深山野岭之中？”

老人告诉小黑龙，他因为家乡连年干旱，又逢兵荒马乱，在老家无法生活，只好外出逃难，来到这白龙江边盖了两间草房，平日里便到这深山老林采药挖参，勉强度日。一晃十几年过去了，手里也有了些积蓄，他想再挖些参，多存点儿钱好回老家。今天一早进了深山，好不容易挖了一株大人参，不想在下山的路上，被强盗一棍子打昏，人参也被劫走了。

小黑龙听了老人的讲述，觉得老人很亲切，说：“老伯，我是从小坞沟村过来的，也想在此处落脚。”老人听了，非常激动：“这下好了，都在此落脚，咱爷俩就不是外人了。走！到我家里坐坐去!”

老人的茅屋离这儿不远，小黑龙搀扶着老人，不一会儿就到了。老人很快就置办好酒菜，他们两个面对面落座，边喝边聊起来。小黑龙架不住老人的盛情邀请，多喝了几杯酒。朦胧醉意中，想到母亲为生他而死，他有家难回，就掉下泪来。老人非常纳闷儿，就问道：“恩人有什么心事？不妨说与小老儿听听，或许我能帮上一点儿忙。”小黑龙就将自己的身世实情相告。

老人听了大吃一惊，俯身拜倒在地，说：“小老头儿肉眼凡胎(谓目光短浅的凡俗之人)，不识上仙，真是该死!”

小黑龙倒被老人的举动逗笑了，急忙扶起老人：“老伯！我虽然是龙，可有姓，姓李，百家姓第四个字呢；我有家，家就在小坞沟村中；有父，父是庄稼汉；也有母，母是贫苦农家女。这些不都是和您一样吗？只是我体形怪异，不能长时间离开水，可恨那白龙不容我住在江里。”

老人听小黑龙这么一说，只觉得小黑龙可怜，倒也不害怕了，就问：“我能帮你什么忙？”

小黑龙思考了一会儿，说：“您倒是能帮上大忙，可是您上了年纪，我不忍心劳烦您。”

老人说：“千万别这样说，您救了我，我正想着该怎么报答您才好呢。”

小黑龙说：“老伯，那白龙虽然骁勇(勇猛。骁，xiāo)，但只要您肯相助，咱俩定能赢他!”

老人笑道：“哎呀，上仙真会说笑。我一凡间老头儿，不会腾云驾雾，也不能入江吞水，还不会用兵器，更别说施法术了，如何能赢得了那白龙？”

“这我知道，您只需这么……就行了!”小黑龙对老人耳语了一番。

“这个简单!”

第二天，他们准备妥当，小黑龙就跃进江中去找白龙。白龙听见动静，出水府见是小黑龙，大笑道：“手下败将，今天莫非又来送死了?”

小黑龙严肃地说：“这一次，我要和你决一死战，要是我败给你，我情愿被你碎尸万段。”白龙一听，更加自得，说：“好！那就一言为定。为了公平，我也立个誓：你要赢了我，我就把这水府永远让给你，远走他乡，再也不回来了。”

两条龙击掌为誓，接着就拉开架势打了起来。他们各自使出了浑身解数，拿出了看家本领，忽东忽西，跳上翻下，搅得泥沙泛起，江水沸腾，真是一场恶战!

老人站在江岸上，见江水像开了锅似的翻滚起来，知是小黑龙和白龙打了起来。他紧盯着江面，不一会儿，只见江面翻起了白浪，他立即撒下一把石灰。又过了一会儿，江面翻起黑浪，他赶忙将馒头扔过去。就这样，他一会儿向江里撒石灰，一会儿向江里丢馒头。

这是为什么呢？原来两条龙在江里拼命厮杀时，白龙见小黑龙要浮上水，就想蹿过去压住他，白龙刚一抬头，就被老人撒来的石灰迷了眼睛；小黑龙觉得饿了，就趁白龙揉眼的时候，往水面一蹿，张口就吃下老人丢下的馒头，顿时有了力气。

两条龙大战了三天三夜，小黑龙不时吃着馒头，力气毫不减弱，反而越战越勇；白龙被石灰多次迷眼，肚子又饿，体力渐渐不支。最后，白龙败下阵来，蹿出江面，驾起云逃跑了。

从此，小黑龙便依照约定住进了白龙的水府。后来，人们就把白龙江改叫黑龙江了。

成长启示

小黑龙虽然是神仙，但对身为凡人的父母一样充满孝心，只可惜阴错阳差下不能尽孝，令人遗憾。古语有云："百善孝为先。"我们应做个孝敬父母的人，而且行孝须及时，以实际行动去回报父母对自己的爱。

要点思考

1. 挖参老人是怎样帮助小黑龙的？
2. 你觉得小黑龙对付白龙的计策如何？为什么小黑龙可以赢呢？

鲤鱼跃龙门的故事

导读

在中国古代神话传说中，黄河中的鲤鱼跳过龙门（位于山西省河津县西北和陕西省韩城市东北，即禹门口），就会变化成龙。下面这个故事，讲述的便是鱼跃龙门的趣闻。

东海中生活着一大群金背鲤鱼、白肚鲤鱼和灰眼鲤鱼。有一天，它们听说禹王要挑选人才管护龙门，这些人才必须是能跃上龙门的。它们便成群结队，沿黄河逆流而上，希望自己能跃上龙门，化身为龙。

可连龙门的影子还没有望见，黄河中的泥沙就把那一条条灰眼鲤鱼打得晕头转向。它们只得掉头顺流而下，灰溜溜地游了回去。不幸的是，在返程的路上，它们正好碰上张着大口的鱼鳖海怪，全都一命呜呼了。

金背鲤鱼和白肚鲤鱼没有被这些影响，毅然决然地逆流而上，它们摆成一字长蛇阵，轮流冲锋，乘风破浪，日夜兼程（不分白天黑夜拼命赶路），终于游到了龙门脚下。

金背鲤鱼和白肚鲤鱼们把头伸出水面，仰望龙门的巍巍风采：只见那神奇的龙门两旁，各擎立着一根合抱粗的汉白玉柱。高大的玉柱上雕着栩栩如生的石龙，龙身沿着玉柱盘旋而上，气势非凡。龙门中水浪冲天而起，晶莹的水珠飞溅到龙头之上，成就了“二龙戏珠”的奇异景象。

金背鲤鱼和白肚鲤鱼们欣赏完美景，开始纷纷向禹王报名应试。禹王见此情景，大为欣喜，说：“鱼龙本是同种生，跃上龙门便可成龙。”

金背鲤鱼和白肚鲤鱼们一听，全都欢欣鼓舞。它们立即鼓鳃摇尾，使尽平生力气向上跃去。没想到，才刚刚跳出水面一丈多高，就快速地跌了下来，摔在水面上，浑身疼痛。

金背鲤鱼和白肚鲤鱼们并不灰心丧气，夜以继日地苦练甩尾跳跃之功。就这样一直练了七七四十九天，跳跃一下能达七七四十九丈的高度。可是龙门高达百丈，要想跃上去，还差得很远。

禹王见鲤鱼们都刻苦努力，无怨无悔，一心苦练本领，就点化（道教传说，神仙运用法术使物变化。借指僧道用言语启发人悟道。也泛指启发指导）它们说：“好大一群鱼！”

其中有条金背鲤鱼听到了禹王的话，恍然大悟，对群鱼说：“禹王说‘好大一群鱼’，不就是启发我们这个群体要团结合作，大家一起跃上龙门吗？”金背鲤鱼和白肚鲤鱼们顿悟，连忙齐呼：“多谢禹王！”

金背鲤鱼和白肚鲤鱼们振奋精神，全都瞪大眼睛、鼓起鱼鳃，用尾巴猛烈击打水面，啪啪啪的击水声接连不断。它们一跃七七四十九丈高，在半空中前一条为后一条垫着身体，一次次循环跳跃。离龙门只差两丈了，禹王用手扇来一阵清风，风促鱼跃，这些鲤鱼们一条接一条地奋力跃起，终于跃上了它们日思夜

想的龙门。

随着这些鲤鱼一条条跃过龙门，为鱼群做最后垫身的一条金背鲤鱼，眼看同伴们都跃上了龙门，唯独自己还留在龙门脚下，一时有些心急。很快，它计上心头：何不借着水力跃上龙门呢！

此时，黄河水正冲击在河心的巨石上，溅起的浪花高达几十丈。这条金背鲤鱼猛然一跃，蹿出水面，跳上浪尖，又用尾巴猛地一拍浪尖，鱼身一挺，竟然一下子跃到蓝天白云之间。不一会儿，轻盈地落在龙门之上，仿佛天龙下凡。禹王见了，连声赞叹，随即拿笔在这条金背鲤鱼头上点了红，霎时间，鱼龙变化。这条金背鲤鱼非常幸运地变成一条吉祥之物——黄金龙。

禹王大喜，便命黄金龙率领其他跃过龙门的鲤鱼管护龙门。直到今天，在黄河上打鱼的人，如果捞到头顶有红的鲤鱼，都会放回黄河中，因为那有可能是黄金龙的后代呢。

成长启示

在金背鲤鱼的号召下，鲤鱼们群策群力，相帮互助，最终跃过龙门，达成心愿。这便是集体的力量，这便是团结合作的意义所在。在强大自身的同时，能够善于与人协作，善于借助外力，做事必然会事半功倍，“鱼跃成龙”！

要点思考

1. 为什么金背鲤鱼是最后一个跃上龙门的？

2. “鱼跃龙门”现在的比喻意义是什么？故事中描绘的景象给了你什么启发？

李密牛角挂书

导读

李密是隋末唐初的群雄之一，他出身高贵，祖上有四世三公，文武双全，志向远大，后来成为瓦岗军首领之一，自称魏公，率领瓦岗军屡败隋军，威震天下。青年时期的李密便已崭露头角，曾因“牛角挂书”，得到了宰相杨素的青睐。那么何为“牛角挂书”呢？

隋炀（yáng）帝杨广曾经三次攻打高丽（朝鲜半岛历史上的王朝，即王氏高丽。我国习惯上多沿用来指称朝鲜或关于朝鲜的）。第一次进攻高丽时，被高丽打得大败。一百多万隋军兵士，只逃回来少数人。如此惨败，并没有使杨广死心。一年之后，他又对高丽发动第二次进攻。这一次，他亲自率领大军攻打高丽，并派大臣杨素的儿子杨玄感在后方督运粮草。

介绍杨玄感的身世不凡，为下文的情节发展蓄势。

杨素是隋朝的开国功臣，也是杨广的亲信，还帮助杨广夺取了皇位。后来，杨广开始猜忌杨素，杨素就这样在郁郁不得志中死去。因为此事，杨玄感早就对杨广不满，这一次让他看到了推翻杨广的机会。

杨玄感借着督运粮草的便利，在全国各地征召了八千多名年轻力壮的民夫（旧时称为官府、军队服劳役的人）和船工，役使他们到辽东前线去送粮。那些民夫和船工早就恨透了隋朝的劳役之苦，又听说叫他们远离家乡，去冰天雪地的辽东干苦差事，更是气愤。

杨玄感把这些民夫和船工集合在一起，说："我知道你们都不想去辽东，可是当今皇上暴虐好战，根本就不顾你们的死活。这一去，会让成千上万的父老兄弟死在辽东，会使许多百姓家破人亡。现在我不想跟着这个残暴的皇帝做事了，决心跟大伙儿一起推翻这个暴君的统治。你们以为如何？"

大伙儿本来就不愿去辽东，人人心里都有怨气，现在一听有人带头反抗朝廷，全都表示赞同，顿时欢声四起。

此处呼应首段"只逃回来少数人"，说明杨玄感此举符合人心，为情节的发展做铺垫。

杨玄感按照隋军的编制，把这八千民夫和船工重新编队，发给他们武器，准备攻打杨广的隋军。一切准备齐全后，他发现自己身边缺少一个帮他出谋划策的谋士，于是就想起了正在长安的好朋友李密。

李密也是官宦之后，先祖是北周和隋朝的贵族。李密曾在杨广的宫里当过侍卫。他当时年少，生性好动，在值班的时候，左顾右盼（向左右两边看），被杨广发现了。杨广就认为李密不大老实，罢免了他的职务。李密回家以后，勤学苦读，决定做个有学问的人。

有一天，李密骑了一头牛，出门去拜访朋友。在去访友的路上，他把几卷《汉书》挂在牛角上，一边骑牛赶路一边读书，好不自在。这时，杨素乘着马车也从这条路上走，他看到前面有个少年在牛背上读书，感到非常好奇。

杨素从李密的后面赶上来，在车上向这个年轻人打招呼："你这个小书生叫什么名字啊？怎么如此用功？"

李密回过头来一看，认得是经常出入朝堂的杨素，于是连忙跳下牛背，向杨素作了一个揖，报了自己的名字和家世，又把书名告诉了杨素。

"项羽的传记"是否有什么隐藏的含义呢？搜集一些项羽的故事，试着了解项羽。

杨素点点头，问："你读到哪里了？"

李密回答："正在读项羽的传记。"

杨素跟李密亲切地谈了一路，觉得这个少年很有想法和抱负。回家后，就跟他儿子杨玄感说："我在路上遇见一个叫李密的少年，这孩子的才能和学识，要远超你们兄弟几个。将来你们有什么重要的事，可以去找他商量。"自那以后，杨玄感就跟李密交上了朋友。

这一次，杨玄感急需谋士，便想起他父亲的话，于是派人到长安，想把李密接来。

李密到后，杨玄感就问他："我现在想要推翻杨广这个暴君，你看这个仗应该怎么打？"

李密答道："要想推翻杨广，必须打败官军。我这里有三条计策。第一，杨广现在正在辽东前线，如果我们带兵北上，断了这昏君的退路。他前有高丽，后有阻拦，不出十天，军粮就会断绝，我们不用强攻也能取胜，此为上策。第二，向西攻下长安，端掉他们的老巢。杨广如果想退军，我们就以关中做根据地，凭险坚守，此为中策。第三，就近攻打东都洛阳，可是朝廷在东都还留着守兵，加上城墙坚厚，未必能快速攻下，此为下策。"

杨玄感听完李密上中下三条计策，觉得前两条都需要太长时间，他急于求成，便说："我觉得你说的下策，倒是个好计策。朝中大臣的家属，此时都在东都。只要我们攻下东都，把这些家属俘虏了。杨广的军心必然不稳，可不战而败之。"

有好计策不用，杨玄感刚愎自用，焉能不败？

定下计策之后，杨玄感立刻出兵攻打东都，出征的路上，又有许多百姓加入队伍，杨玄感的队伍还没到东都，就扩大到十几万人，又接连打了几个胜仗。

杨广正在带领大军猛攻高丽，得到东都告急的文书，就连夜退兵，先派大将宇文述率大军前往东都迎战杨玄感。宇文述到后，杨玄感的部队渐渐抵挡不住，想要往西退到长安去。

宇文述又带兵追击，把杨玄感的人马团团围住。最后，杨玄感走投无路自杀了。

李密却趁着混乱逃了出来，捡回了一条命。他打算偷偷地逃回长安，但还是很快就被隋军抓住了。

李密此时的计策是一种小聪明，与为杨玄感出的三种计策不同，那是李密的智慧。结果形成的反差，更具讽刺意味。

在押送李密去杨广行营的半路上，李密跟十几个犯人商量，把他们随身带的银两都拿出来，送给了押送的隋兵，供他们吃喝。这些押送犯人的隋兵受了他们的贿赂（huìlù，用财物买通别人），经常饮酒作乐，防备就渐渐松懈下来。李密趁着隋兵大醉的时候，就和那些犯人跳墙逃跑了。

李密脱险以后，就想再找机会反抗朝廷。他找了好几个起义军的首领，这些起义军的首领看他是个文弱书生，觉得他无甚大用，都拒绝了他。李密只好改名换姓，四处藏身，好几次都差点儿被朝廷抓去。后来，他听说瓦岗寨有一支起义军，首领叫翟（Zhái）让，为人厚道，又喜欢结交英雄，李密就决定上瓦岗寨去投奔他。

这一去，李密也成了瓦岗军的首领之一，在那个群雄辈出的时代，成就了一番英雄霸业。

成长启示

李密提出了打败官军的三条计策，但杨玄感却急于求成，选择了胜算最小的下策！我们一定要从这个故事中吸取教训，那就是做事时，应行事稳健，不可冒进。解决问题的方法或许有很多，但很少有捷径可走，因此唯有知难而进，才能攻克难关，赢得胜利。

要点思考

1. 请用自己的语言讲述“牛角挂书”的故事。
2. 你觉得杨玄感兵败的原因是什么？为什么？

延伸阅读

★本书名言记忆

◆要看清事件的是非本质，即使是救人也要看被救的对象到底是个什么人，值不值得救。

——《东郭先生和狼》

◆正在他想要泄气的时候，回想起自己年少时碰到的那位用铁杵磨针的婆婆，婆婆有句话说得非常好——只要功夫深，铁杵磨成针。

——《李白求师》

◆经过这件事后，阿大后悔不已，他发誓以后也要像阿二那样做一个真正诚实、勇敢的人，还要热心地帮助别人，再也不像以前那样自私自利了。

——《真假夜明珠》

◆幸福村里的人都说："是幸福鸟带来了幸福！"可幸福鸟却对人们说："不是我带来了幸福，是勤劳勇敢的人自己找到了幸福！"

——《雪山之巅的幸福鸟》

◆只有靠自己的劳动，才能有收获！

——《三条遗嘱》

◆人的才能有高有低，但是都各有所长。

——《华佗虚心求学》

◆重大义而轻小是小非。

——《颜回输帽子的故事》

◆救人解难是做人的本分。

——《黑龙江的故事》

民间故事的类型

◎**幻想故事** 其包含丰富的想象成分，充满浪漫色彩。主人公多为普通劳动者，其中的情节、事物和部分人物有超自然的性质。常把现实中不可能的事情当作可能实现的事情表现出来。情节常采用“三段结构法”，人物、情节、语言基本定型，在不同地区也时有变异。

◎**动物故事** 其以动物为主人公，动物常被拟人化。有的借动物间的纠葛表现社会现象、人际关系；有的解释动物的习性；有的寄寓着明显的教育意义。

◎**生活故事** 其取材于现实生活而加以虚构。现实性较强，故事往往扬善抑恶。篇幅比较短小，人物性格单纯，常常运用对比的手法。有时也采用“三段结构法”，风格较为朴实、明快。

◎**民间寓言** 它是广大劳动人民创作的含有明显教育意义的口头散文故事，风格含蓄、幽默、发人深省。

◎**民间笑话** 它是幽默、滑稽性的短小故事，大部分是讽刺人民内部生活和性格中某些缺点的作品。

民间故事的特点

◎时代久远　民间故事往往伴随着人类的成长历程而经久不衰。

◎口头传播　民间故事大都以口头形式传播，非常口语化。

◎情节夸张、充满幻想　民间故事大都表现了人们的良好愿望。

◎来自民间　民间故事反映的多是民间生活。

读后感例文

《中国民间故事》读后感

我从小就喜欢听爸爸妈妈讲故事，随着年龄的增长，只听故事已经不能满足我的求知欲，我需要通过读书来学习更多的知识。于是我在书店买了一本《中国民间故事》，我刚一打开这本书就深深地喜欢上了它。

这里面有许多耳熟能详的故事，比如《白娘子的故事》《孟姜女哭长城》《木兰从军》《鲤鱼跃龙门的故事》……

其中最让我感动的故事是《白娘子的故事》。

这个故事主要讲的是千年白蛇精白娘子与许仙之间的爱情故事。许仙经营着一家名为“保和堂”的药店，在小青和白素贞的帮助下，帮老百姓治好了各种疑难杂症。他们过着幸福的生活。但金山寺的法海和尚，为了拆散二人的婚姻费尽心机，终于把白娘子压在了雷峰塔下。

法海老和尚是令人讨厌的。虽说白娘子和许仙二人的婚姻是人妖结合，但他们并没有为害人间，相反还做了许多对老百姓有益的事，而可恶的老和尚硬是拆散了二人。虽然这是一个传说故事，但这也反映了古人对封建恶势力的一种痛斥。故事最后，小青重返金山寺，把法海逼进了螃蟹壳中，救出了白娘子。我从小青身上学到一点：暂时失败了也没关系，日后继续努力，总有成功的一天。我们在生活学习中也经常会遇到困难，如果我们死钻牛角尖，反而找不到解决的办法，所以倒不如暂时停下来，总结经验、沉淀、思考，等具备解决困难的能力后，再来挑战。适时学会变通，离成功也就不远了。

这本书里还有很多其他故事，都非常有意义，这些故事来源于民间，是劳动人民智慧的结晶，表现了劳动人民纯洁、善良的心灵，体现了他们对美好生活的追求、对生命的思索。尽管这本书里有许许多多的故事都是虚构的，比如《白娘子的故事》，蛇竟然会变成人，这是绝对不可能的。这些故事的情节虽然是不切实际的，但其中蕴含的道理却是有很强的现实意义的，同时也教会了我们一些修养身心的方法和为人处世的道理。

总之，《中国民间故事》这本书，不仅让我学会了很多人生道理，还让我学会了诚实、坚强，让我勇敢地面对生活，我真的很喜欢这本书。

知识考点

一、填空题

1. 农历________，是牛郎织女鹊桥相会的日子。当天，姑娘们会来到花前月下乞巧，乞求上天让自己能像织女那样心灵手巧，祈祷自己能有称心如意的美满婚姻，由此成了现在的______节。

2. 马头琴故事的主人公是______，他用白马的______雕成马头做琴杆，______做琴弦，______做琴弓，这就是第一把马头琴。

3. “只要功夫深，铁杵磨成针。”这句话，是一位老婆婆对______说的。

4. ______、______、______、文徵明，被称为“江南四大才子”，其中______擅长绘画。

5. 寒食节是为了纪念忠臣义士______，端午节是为了纪念伟大的爱国诗人________。

6. 替父从军的巾帼英雄________是南北朝时期的。

7. 长城上享有我国“天下第一关”美名的是______。

8. 火把节是______（少数民族名）人民传统的节日，在每年农历的________（日期）举行。

9. 西太后慈禧之所以称佛门弟子为自家子弟，是因为她笃信佛法，自称是受命于天的“______”。

10. 苏轼，字______，号东坡居士，是______（朝代）著名的文学家、书法家、画家。在《苏东坡画扇判案》这个故事中，苏东坡所画的岁寒三友，即______、______、______三种植物。

二、简答题

1. 关于桃园三结义的人物，你还知道他们哪些故事，请举例述说。

2. 读了《李白求师》这一故事，结合自己的学习经历。谈谈你对“尊师重教”这一优良传统的理解。

三、小作文

本书为我们呈现了许多不同的故事，每个故事都蕴含了深刻的道理。其中《济公救阿福》这个故事告诉我们，作为子女，要感恩父母、孝敬父母。那么，请通过这个故事，联系自己的生活，讲讲你身边的故事。

参考答案

一、填空题

1. 七月初七；七夕/乞巧
2. 苏和；骨头；筋；尾巴
3. 李白
4. 唐伯虎；祝枝山；徐祯卿；唐伯虎
5. 介子推；屈原
6. 花木兰
7. 山海关
8. 彝族；六月二十四日
9. 老佛爷
10. 子瞻；北宋；松；竹；梅

二、简答题

1. 张飞怒鞭督邮：刘备带着关羽、张飞两兄弟前去安喜县赴任。他勤政清廉，受到当地百姓的爱戴。这一天，朝廷派来个督邮前来考察政绩。谁知那狗官趾高气扬，百般刁难他们，还抓来一个县吏要他污蔑刘备。性情火暴的张飞再也忍不住了，便闯入督邮住的地方，死命抽打他。刘备到底是个仁厚之人，下令将他放了。在关羽的劝说下，刘备弃了官职，带了关张二人扬长而去。(示例，故事属实即可)

2. 根据自己的实际生活回答即可，内容略。

三、小作文

答案略。

无障碍阅读·彩插励志版

第一辑

《童年》
《西游记》
《红楼梦》
《水浒传》
《昆虫记》
《名人传》
《稻草人》
《格林童话》
《伊索寓言》
《城南旧事》
《爱的教育》
《三国演义》
《骆驼祥子》
《繁星·春水》
《安徒生童话》
《海底两万里》
《鲁滨逊漂流记》
《朝花夕拾》
《钢铁是怎样炼成的》
《假如给我三天光明》
《汤姆·索亚历险记》

第二辑

《格列佛游记》
《绿山墙的安妮》
《雷锋的故事》
《唐诗三百首》
《成语故事》
《简·爱》
《中国古代寓言故事》
《中外民间故事》
《中外神话传说》
《中外历史故事》
《木偶奇遇记》
《寄小读者》
《小王子》
《老人与海》
《八十天环游地球》
《小橘灯》
《呼兰河传》
《论语》
《千字文》
《克雷洛夫寓言》
《小鹿斑比》
《中外名人故事》
《吹牛大王历险记》
《中华上下五千年》

第三辑

《荒野的呼唤》
《泰戈尔诗选》
《宝葫芦的秘密》
《小老鼠皮克历险记》
《小学生必背古诗词 75+80 首》
《小战马》
《红脖子》
《水孩子》
《安妮日记》
《列那狐的故事》
《柳林风声》
《欧也妮·葛朗台》
《小飞侠彼得·潘》
《汤姆叔叔的小屋》
《爱丽丝漫游仙境》
《地心游记》
《名人名言精读》
《尼尔斯骑鹅旅行记》
《神秘岛》
《森林报·春》
《森林报·夏》
《森林报·秋》

《森林报·冬》
《福尔摩斯探案集》
《莫泊桑短篇小说精选》
《四大名著知识点一本全》

第四辑

《欧·亨利短篇小说精选》
《细菌世界历险记》
《爷爷的爷爷哪里来》
《长腿叔叔》
《海蒂》
《朱自清散文精选》
《契诃夫短篇小说精选》

第五辑

《大林和小林》
《父与子》
《王子与贫儿》
《哈克贝利·费恩历险记》
《猎人笔记》
《居里夫人自传》
《格兰特船长的儿女》
《秘密花园》
《青鸟》
《人类群星闪耀时》
《寂静的春天》
《西顿野生动物故事集》
《飞向太空港》
《镜花缘》
《草原上的小木屋》
《丛林故事》
《小巴掌童话》
《给青年的十二封信》
《白洋淀纪事》
《湘行散记》
《梦天新集：星星离我们有多远》

第六辑

《世说新语》
《聊斋志异》
《儒林外史》
《我是猫》
《了不起的盖茨比》
《少年维特的烦恼》
《神笔马良》
《拉封丹寓言》
《希腊神话故事》
《山海经》
《地球的故事》
《十万个为什么》
《中国民间故事》
《中国古代神话》
《非洲民间故事》
《森林报》
《一千零一夜》

第七辑

《小英雄雨来》
《闪闪的红星》
《赤色小子》
《刘胡兰传》
《两个小八路》
《小游击队员》
《铁道游击队》
《李四光随笔：穿过地平线》
《世界经典神话与传说故事》
《欧洲民间故事：聪明的牧羊人》
《捣蛋鬼日记》
《胡桃夹子》
《兔子坡》
《带刺的朋友》
《今年你七岁》
《第七条猎狗》
《萤火虫的季节》
《雁翎队的故事》
《谁是最可爱的人》
《经典常谈》